# 蓝鲸追寻的月亮花

## 逸瑶诗集

逸瑶 著

上海社会科学院出版社

# 目 录

叶子翻开一页心缘 / 1
写就的诗意 / 2
把暖风嵌进心里 / 3
时光的风情万种 / 4
风月涟漪，吟哦情思 / 5
雨音穿过梦境 / 6
情深的爱语 / 7
诗夜红梦 / 8
夏风的爱 / 9
蓝鲸追寻的月亮花 / 10
那年的雪中红莲 / 11
天明的暖阳 / 12
云月抚帘 / 13
爱语的守一 / 14
恋的春醉 / 15
情缘花开 / 16
期许爱的圆满 / 17
暖风云水夜无眠 / 18
更美更红的云莲 / 19
挚爱的永恒，逐波前行 / 20
湿夜叶喧先觉雨 / 21

无数琴弦被情长拨动 / 22
安暖的惊世传奇 / 23
春絮 / 24
情长万朵红 / 25
倾醉水中花 / 26
倾城的玫红爱恋 / 27
晚风翻动着不舍之页 / 28
飘雨最先送来最高点 / 29
清风与月一起倚窗画海 / 30
夜莲 / 31
诗词的深许深诺 / 32
水墨即是春天的情 / 33
落雨吻及一弯上弦月 / 34
一朵浪花跃上琴弦 / 35
一行行眷恋的心语 / 36
相融的灵魂来自何处 / 37
水月抵达心动的眷爱 / 38
找到了落脚的小地方 / 39
把信夹进笔记本 / 40
柔吻着上帝的耳朵 / 41
细雨编织着回忆 / 42

光阴抽取的丝丝韶华 / 43
这就是世界 / 44
纽扣见过土豆 / 45
目光追逐着风信子 / 46
在你的梦中躲雨 / 47
琴键上的秘语 / 48
时光的逆笔之波澜 / 49
爱上夜的使者 / 50
在诗里安一个温暖的家 / 51
眺望尘世的巢 / 52
最蓝的蓝痕 / 53
飘走的面纱 / 54
雨缝里的阳光 / 55
在云朵里写信 / 56
诗集里的安逸和温暖 / 57
太阳在唇齿间升起 / 58
火焰拉长牵念 / 59
融入诗歌的蛹壳里 / 60
让爱回到爱 / 61
隐藏着话语 / 62
点燃了爱语的灯盏 / 63
一线晨曦 / 64
给梦找一个相爱者 / 65
不同滋味的雪 / 66
雨的翅膀 / 67
爱，藏进太阳 / 68
诗的粉红胭脂 / 69

举了举这多此一举 / 70
风尘里的逃离 / 71
等着你来 / 72
又一个冬天 / 73
夜之眸 / 74
澎湃的承诺 / 75
雪，再次开遍天宇 / 76
海的掌心 / 77
锲而不舍的恋歌 / 78
温柔之痛 / 79
瞩目高处的高处 / 80
醉饮着烟雨潇潇的梦 / 81
一羽浓诗 / 82
忙着种下自己的梦 / 83
回忆的心底 / 84
探究人生 / 85
寄存的阳光 / 86
不肯挪远的思念 / 87
千种响动，万古回荡 / 88
唯一的起点和结局 / 89
刻骨蚀心 / 90
你在，最好的风景就在 / 91
真爱引路 / 92
灵魂之蜜 / 93
生命洞悉了一切 / 94
为了等待一场雨 / 95
护佑着爱情 / 96

眷爱之河永不冰封 / 97

太阳的骨血 / 98

雨念 / 99

爱的精灵 / 100

共唱一曲烟雨 / 101

灵魂深处的种子 / 102

冰唇 / 103

夙愿 / 104

今生永久的誓约 / 105

共饮一江细水 / 106

心中的潮汐 / 107

流云回眸 / 108

雨丝 / 109

唱响阳光 / 110

专一的深蓝 / 111

润泽梦的春色 / 112

晓风漫云的心潮 / 113

颤动的心律 / 114

一枚热泪的心海 / 115

一首诗的长度 / 116

响彻爱的浪潮 / 117

密语融入花叶的唇间 / 118

倾心填词 / 119

听雨 / 120

以一个隐喻潜入了梦乡 / 121

转角处的定然相遇 / 122

风柔云欢 / 123

云朵闪烁 / 124

幻化在一絮墨香里 / 125

红映心梦 / 126

点亮了尘愿 / 127

写着烟波 / 128

离不去的梦幻 / 129

眷恋一种永恒的玫瑰红 / 130

绝不会半路退却 / 131

随着风影一同上升 / 132

美好的归宿 / 133

彤云碧水两依依 / 134

雪羽 / 135

无解的尘世 / 136

夜湿莲 / 137

相爱的絮语 / 138

心迹 / 139

温雪煮梦 / 140

雨的心跳 / 141

爱，因你而飞翔 / 142

月色思语 / 143

拥抱着阳光的凝望 / 144

一场花事的蔓延 / 145

红尘里的潮红 / 146

温习爱情 / 147

不舍昼夜的挚爱 / 148

不忘瑶池的那缕花香 / 149

戛然而止的结局 / 150

眷顾的墨香 / 151
夜半沉浮梦 / 152
醉染一瓣玫红 / 153
一扇暗门 / 154
今生唯一的心云 / 155
一枚日不落 / 156
云水倾心 / 157
独行 / 158
眷思深处 / 159
衔回红柳枝 / 160
不离不弃的心河 / 161
飞花点点 / 162
拥抱一朵安暖 / 163
浪潮等待再一次的涌动 / 164
贞爱的世世永恒 / 165
绣上一只蝴蝶 / 166
化成爱的心语 / 167
任何祈望都不会太迟 / 168
清风把波纹剪出一朵红 / 169
恋雨酥酥 / 170
靠近风中的第一记长笛 / 171
动情处的一轮弦月 / 172
让诗句造出另一个世界 / 173
爱恋的点睛之笔 / 174

千朵潮音，万花齐放 / 175
向往着醉世的爱情 / 176
紫兰含情 / 177
把一阕词写成了千千念 / 178
月亮的时进时退 / 179
花满城，恋无尽 / 180
心缘找到靠岸的去处 / 181
默然思念入君心 / 182
晓梦私语 / 183
留一首诗 / 184
夜晚大多是用来回归 / 185
暮色的细语 / 186
至真至纯的温暖港湾 / 187
一个永远迷人的主题 / 188
微语煮诗 / 189
另外一种更好的飞翔 / 190
独宠一树月华 / 191
白首不分离的场景 / 192
夜雨的唇印 / 193
温暖春色隐藏于文字之中 / 194
爱恋的一触即发 / 195
一滴雨再一次写到夏天 / 196
不惧迢迢之遥 / 197
守诺的心 / 198
一深再深的夜 / 199

红尘之水 / 200
星子究竟沉落在哪一页 / 201
深含一枚羞涩的词 / 202
还原那瑶琴的风韵 / 203
尘世里忠贞的美 / 204
游于书香的水色 / 205
月光之水 / 206
爱的方向从此未改变 / 207
情深的记忆夹进那一页 / 208
遇见唯一 / 209
侠骨柔肠的一抹红 / 210
共写今生的不舍与不弃 / 211
簇拥那束射透心底的暖光 / 212
美好得如同第一句情话 / 213
守在云端的那枚雨 / 214
生死相连的无悔山海 / 215
琴声撑起想要的天空 / 216
一滩鹭鸟独占一江秋 / 217
呈现了独立于世的翠绿 / 218
滋润梦的一窗眷爱 / 219
一河柔情写入心语 / 220
入梦不知归 / 221

盼望风儿来寻 / 222
樱花恋雨 / 223
痴念雨巷的丁香 / 224
心音带回了一枚戒指 / 225
与海连心 / 226
枫红牵引月色的心跳 / 227
努力飞翔 / 228
情的纯真永不褪色 / 229
那年的煮雪花 / 230
暖色映满微风的笔端 / 231
倾城之色 / 232
浓墨的一笔 / 233
镌写的故事不止一段 / 234
将短暂的一生过得完美 / 235
雨露使眷爱绽放到极致 / 236
清风的笔画深入云朵 / 237
让爱光芒万丈 / 238
藏着今生和来世的秘密 / 239
永爱 / 240
用时间穿针引线 / 241
阳光抚摸着探寻的目光 / 242
藏着那两个字的尾音 / 243
最容易触动的一抹红 / 244

云朵的情书 / 245
时光解开难懂的暗语 / 246
云水润泽至死不渝的爱恋 / 247
雨花开启一阕阕艳丽 / 248
恋语写下炽热的一页页 / 249
刻写铭心的眷爱 / 250
溪流的诗韵再次萦绕 / 251
嫣红花瓣化成恋歌 / 252
一生的心灵寻求 / 253
古梦弹奏着内心的誓言 / 254
玫瑰洒在血里 / 255
烛火滚烫 / 256
打开一个盒子 / 257
痴缠滴墨化入素绢 / 258
永远怀念的一阕诗词 / 259
不灭的彩虹 / 260
一杯酒点燃的记忆 / 261

白云瞬间长出了翅膀 / 262
情蕴云水间 / 263
钟情的字词 / 264
承诺扎根于尘世 / 265
温存着时间的乐章 / 266
夏阳诗意醉今生 / 267
心语的执着 / 268
安暖的爱恋 / 269
渡江的雨 / 270
言语深处的温煦 / 271
始于风月的一首诗 / 272
无言的爱 / 273
晨语情满 / 274
月光吟着飘动的情欲 / 275
一碗醉恋的缠绵阳春 / 276
依梦的河流不绝 / 277
双羽亲吻那一朵柔云 / 278
一颗魔力球 / 279
徐徐打开一窗恋语 / 280

后记 / 281

## 叶子翻开一页心缘

春风漫步走进草原
悠高的思绪
忽隐忽现
潺潺的水韵
逍遥成诗词的飘逸

小时候的云彩
喜欢抓住河里的晨星
现在长大了
时光的意愿
碰落天际的一层层雨

弦月来到窗边
叶子翻开一页心缘
执笔翘望芳华的花蕊
夜色让情丝缠绵入梦

牵念颤抖
飞羽的诗吟
隐喻的文字
永恒温暖着四季
雨音深厚馨香的回荡
星云溢满了眷恋的小木屋

## 写就的诗意

一路追随的文字
轻轻吟咏着一叶扁舟
将那年夏天的故事
拥入怀中
雨滴润泽着清风

云朵温柔拾起音乐
月色里有海
时光涌进窗口
无法抑制着眷恋

私语悄然颤动
星辰化入扉页里
花香渐浓且渐深
让一切回到了
更悠远的过去及未来

翎羽俯瞰海湾
飞快地数过浪潮
写就的诗意
情思乘风而来
远不止于此
肯定还有更多

## 把暖风嵌进心里

涟漪有梦
暖风画起花瓣
一页又一页的书香飘扬
水韵恋语
时光的声音
将月色的情思
荡漾在春天里

波光温润着
清梦的伊甸园
天际的那一扇粉窗
再次敞亮
浓墨倾情于玫红的回忆
笔端从渴盼的雨中
温存挚念

诗絮聆听守望的回音
雨化的云海
把暖风嵌进心里
飞花曼舞
刻写相惜的星月
今生今世携手到天荒

## 时光的风情万种

时光的风情万种
漫出窗外
月色尽情享受着
诗的香韵

在薄雾的眩光中
微风似乎想读
云水的春心

情深的湛蓝色
一瓣瓣思潮
繁星润泽
欲要闭合的花朵

光阴握着诗笔
将雨花的醉舞写下来
梦华已融化
却永远无法忘记
那年的雪帘春红

微风点亮一束月光
情随云涌
眷爱的执着
这绝对不是轻描淡写

## 风月涟漪,吟哦情思

星辰沿湖
依依夜话
湿润的一朵梦
时光在翘盼
恋影漾动诗色
流云蕴藏了
花蕊的秘密

雨音垂钓着弦月
心绪盈满了
牵念的春窗
滴露描画玫红
叶子轻拂
云端的瑞雪

雪香萦绕青舟
暖风飘舞着
吟哦的情思
波光悉数闪烁
诗帆挥写着
光阴的朝与暮

## 雨音穿过梦境

听雨的夜
时光在文字里
思念满溢
月色已叠好信笺

雨点星子碰了又碰
继续读着
一个完整的世界
云朵含风

花开是个开始
再次提笔
嫣红的爱恋
显而易见

月夜很诗意
故事记得很多
一直到现在
雨音穿过了梦境

## 情深的爱语

琴声拾雨
恰是窗前的依恋
诗絮融梦
醉是思韵的婉约

繁星化涟
荡漾心怀的花蕊
云水入荷
充盈情深的爱语

一支羽笔
镌写着星月的依守
一生挚爱
聆听着春雨的回音

## 诗夜红梦

窗,微风徘徊
它用摇曳来深思
诗语沉浸在夜色里
将云水吟成歌

雨滴跟着轻轻和
意味深长
童话的红果园
小溪在漫步
梦,云帆雾岚

水月荡起一种奇幻
星子日夜的陪伴
温暖着冬天
时光认真阅读着红叶
笔迹,与众不同

飞花不仅是在书写
云绕灯塔的最顶端
风在听一个秘密
雨润,入迷的诗夜

# 夏风的爱

琴弦上流淌着诗词
轻音正是在化蝶
时光不断地深入梦里
花瓣飘扬夏天的回忆

一再弹起的雨韵
叶子描绘暗色的河流
清风凝神望月
心绪温柔了
入夜的莹露

涟漪遇见一朵红
月色翩然
情丝弥漫
云水吟咏
倾醉着眷恋的双影

花蝶频频回眸
不忍抚过尘世
诗律伴着窗前的烛火
弦月盈盈
红云荡起了心音
毕生依恋着夏风的爱

## 蓝鲸追寻的月亮花

蓝鲸追逐雨声
穿过了光阴的长河
掀起的微风
颤动了温暖的诗行

河的心潮在涌涨
清音溢满了风的笔端
红叶的故事
随雨温柔飘舞
翎羽抚触到了
夜的缠绵

云帆循着涟漪
描画韵律
诗韵融化春色的雨絮
暖风深恋
星河不息
蓝鲸寻到了一朵
永生挚爱的月亮花

## 那年的雪中红莲

婆娑的月影
化成一湖恋思
水色充盈着时光的笔迹
墨香增添润泽

心绪唱着
那年的雪中红莲
琴弦漾起羽上的柔情
繁星游入湖里
再续传奇

碧波洇染
记忆的翘望
萌动的情怀
一切都含着韵味
月辉泛舟
荡响爱的秘语

风月的香园
亮起莲灯
<u>丝丝梦帘</u>
涌着爱恋的永恒

## 天明的暖阳

笛音吹响光阴的深情
受宠若惊的诗词
飞进悠绵的曲调
回声穿过温暖的河流

思韵聆听
诗水与清风的合唱
是恒久的约定
梦里的一泓月色
送来爱的挚恋

一滴醉香
漫延到记忆的雨巷
伞下的牵手
轻轻走入扉页

雨梦随着柳笛
向天际启航
月光酝酿
情的诗，恋的词
清风沿着花瓣
画着天明的暖阳

## 云月抚帘

绿叶的曲子
盼望着六月
情思的白云
倾听风的柔语
梦的花蕊
绽放着月色的缠绵

微风带着诗句
深入光阴里
云帆伴着夜灯
翻阅红尘

乘着青舟长流
云水的叠影
荡起万古春秋

旋律蕴情
吟哦着春暖花开
春雨走进牵念的窗口
云月抚帘
描绘爱恋的相嵌

# 爱语的守一

甘泉盛满雨音
粉色花瓣的时光
如羽飘舞
一春诗华
醉于轻盈的子夜
水月融入
一枚雨的依恋

风笛的回声
执笔馨香
雨燕共渡
倾诉着爱语的守一

潮汐梦起
云水听音
星雨翩然
心许情深的诗韵
温暖着风中的
一朵永爱之花

## 恋的春醉

翅膀的梦
一如缠绵的温暖
情诗涟涟
雨的守望
云影的回眸
皆是恋的春醉

叶舟是画中
最深的一艘记忆
白鹭引着云海的潮涌
繁星点亮
窗前的一朵红

诗梦之云
在其依恋之间
天宇风帆
玉月精灵
春花濡染着
安暖的挚爱

## 情缘花开

诗韵交融着
风卷云动
飞鸟倾听整个天宇
情缘心许
水中的花开
河畔蕴含,雨的情长

一羽一曲
吟唱着月色
时光叩开梦的窗子
恋影化作
红霞的缱绻
清涟循环,歌的深醉

雨絮摹画
飘叶的舞姿
星辰吸吮
笔的丹墨
芳香润泽
心池的牵念
奔月私语,夜的诗海

## 期许爱的圆满

雨水的记忆
回游到最深处
心音漾起暖色
叶子滑过潮湿的痕迹
花瓣的梦
只为清风而来

翎羽飞过一江春水
云朵追逐
盈盈情醉化成诗行
浓韵洒满爱恋的私语

星影渲染温柔的笔墨
思情推开窗子
诗絮飞扬
月华缠绵

波光细饮流年的炽热
梦里画雨
清风吟诗
云水对月
期许爱的圆满

## 暖风云水夜无眠

星空越来越高
树梢上开着认真的花朵
流云捎来暖风的书信

窗子接住时光的思念
飞翔的弦月
融入一首诗
暖意深润而张扬
花瓣再次从梦中醒来

星辰触动的一瞬
扉页上的热泪映着烛火
涟漪的心音直往前冲
唯有雪絮
才能知晓的难眠

叶缝的呓语漫溢夜色
花香的回眸
悄然提握诗笔
情墨伴随云水的不竭
星月隽永
暖风伴着今生的挚爱

## 更美更红的云莲

入梦之时
来自深渊的弦音
应和了
一朵花儿的心跳
清风是在五月的一个下午
重逢不染纤尘的红云

云水荡漾诗的韵律
一阕续着又一曲
时光沉吟
并夜以继日
暖色眷恋于传奇之中

星池发挥出非凡的才能
将荷叶画成
翱翔天宇的翅膀

飞絮深切感悟
爱的温暖
涌动着有声有色的甜香
风月叩开
梦中的心扉
倾注了更美更红的云莲

## 挚爱的永恒,逐波前行

琴上的涛声
涌动着波光
流水循着一场雪
融化的梦境
再度回到了彼岸

月亮的守护如影随形
夜的聆听由远及近
抒情的光阴
润泽玫瑰的娇红

音韵的摩天轮
开始亮起
飘云牵引一缕缕光线
将所有的诗意
绽放在枝头

雪絮在红叶之间
伸展着春色
诗行深入芬芳的花海
挚爱的永恒
逐波前行

## 湿夜叶喧先觉雨

思念的花瓣
恰巧飘落到雪的沸点上
光阴的秘语悄悄奔涌
清风勾勒出了诗的情韵
云水继续浇灌着
那朵红花

心绪汇成勃发的文字
叠影中传来风的笛音
月色托起漾动的旋律
牵念的眼眸
深得像一片海

湿夜叶喧先觉雨
记忆在暖雨里慢慢苏醒
水墨滑翔于红笺之上
歌吟填满了雨巷的悠长

风动的窗子
飞出梦的蝴蝶
扇起的馨香
描绘今生的挚爱

## 无数琴弦被情长拨动

琴声藏入云端
坐在湖边的雨
长久冥思
微风造出一个世界
月色迫不及待地
覆了下来

涟漪随着诗意
翩然起舞
无数琴弦被情长拨动
回眸处的清影
叶舟荡起了初夏的暖色

一朵芳香
解读垂柳的写意
心绪盛开成烛光的花蕊
恋语弥漫在
红尘中的追逐
潮汐浑然不觉就走近了

## 安暖的惊世传奇

婉转飘零
叶子实现了夙愿
花蕊已酝酿很久

微风沿着水岸
悠悠传情
温暖在光阴里
渐渐加深

此刻的笛音悠扬入窗
梦絮蕴含
白雪的精灵
轻柔拾起了
那年的红丝绸

翎羽的追寻
充满执着
微风滋润
永不凋零的花蕊
云水迷恋于
这安暖的惊世传奇

## 春絮

一窗春水
晃动花影
月色漾起
守望中的光阴
暖风开始为那池瑶莲
轻轻吟唱

一对翅膀
倾听心音
飘云顺着诗韵飞来
情思从光阴深处
再度返回花丛

一缕清香
唤一句
再唤一句
恋语融化荷叶上的莹露
星子倾注
独一无二的真情

云水令万物怀抱温暖
星月深恋着
莲的生生不息

# 情长万朵红

清风写就
花开的诗词
情韵渐渐涌起心音
漫天飞花
醉如梦
时光穿越依依的云絮

花香濡润月色的波澜
光辉牵动
两岸的嫣红
藏于星空深处的记忆

雾岚惊醒
湖中的帆船
回声溢满相思的舷
月影跃上
画家的笔端
水墨的缱绻流淌不竭

思语盈盈
迷漫于诗夜里
风月融化窗前的积雪
花蕊是红尘中永恒的眷恋

## 倾醉水中花

月色再一次回到枝头
试探着伸出
翠嫩的诗行

笛音翘望那抹玫红
蕴藏的梦絮
不忍离去
花香由初夏
而入一种化境

翅膀的力量穿过夜幕
腾跃的雨帘
卷来一朵花儿
叶语酝酿着月华的柔情
流云向着夏天的风
直奔而去

## 倾城的玫红爱恋

一溪云霞
沁入绵绵的絮语

清风润湿扉页的深处
挚爱一如既往
向前飞翔

墨香化开心窗的纯美
月光适合做一支笔
刻写相守
云随风行

飘絮悠悠乘着
诗词的一叶青舟
心许的圆月
泅染梦中的溪流
星子漫涌着
光阴的层层馥郁
倾城的玫红爱恋

## 晚风翻动着不舍之页

思念辗转入云水
绵延夜的长度
晚风翻动着不舍之页
暖化了记忆的流年

一阕诗重新流淌
月色倚窗
起承转合得淋漓尽致
星子彼此相约

波光书写夏荷的涟涟
私语沿着诗行漫涌
柔润的笔端揭开雾幔
心梦的追求

清音的回响吹进窗来
月夜漾起爱的眷恋
情诗的飞絮深痴深醉
星云永远记得荷风的约定

# 飘雨最先送来最高点

月光覆过沧浪
清风随着春意荡漾
古梦翻开页页的诗情
云水温柔合一

星羽追溯光阴的飞翔
所有的秘语悄然入夜
一扇未来的窗子
飘雨最先送来最高点

碧波走进词句
滋润需要挚恋的歌吟
旋律持续不断
一世拥有

夜色融于读书的叶
墨香徐徐写满整片海洋
初次相融的星月风云
雨音一次次晕红眷爱的花蕊

## 清风与月一起倚窗画海

童话进入蓝海里
雨滴把心沉在最底处
时光重叠着那只船
诗行被海吮吸不止

云水是浮动的语音
倾听已成为此刻的全部
星辰学会了流淌
无尽的情思融化暖春

光阴并非偶然而来
清风与月一起倚窗画海
夜色深恋
叶子何曾飘扬过红尘

雨后的花瓣润开记忆
芳香从海底涌上了云端
风帆留存着缱绻的依恋
一船的月华从未老去

## 夜莲

爱恋在光影中
安暖弥漫
顺沿着月色的心池
时光淌入云水

清风扶着手中的笔
书写湖心的交颈天鹅
诗行荡漾缱绻
飘雨吟咏一首长歌

涟漪将倾醉的依恋
融化成一朵红莲
双羽飞扬着诗夜的和音
梦在翘望

波光在窗子的缝隙里
拾起那一朵莲
繁星悄然绘画清涟

雨丝叠着夜帘
私语穿过荷叶涟涟
飞云酝酿着诗的页页情
莲风吹动心暖的春华

## 诗词的深许深诺

琴声拨动水色的花开
芳香滋润云端的一抹红
流年的余温沉淀在窗台上
恋曲晕染着每一弦心颤

飘絮轻拾光阴的前世
梦华落进夏天相遇的回音
思韵穿过紧合的扉页
蝴蝶停在诗词的深许深诺

云雨扬着月夜的丝丝牵念
微风沿江漫步
悠然的烛火写着相依相随
星辰洇染诗笔的浓墨

河流送来春叶的伸展
水到渠成是合欢的恋曲
雨蝶红花是今生的痴醉

## 水墨即是春天的情

清风弹拨弦月的秘密
私语涌动在光阴的深处
颤抖的星光荡起箫声
情韵倾洒诗的斑斓

流云抚醒双叶的记忆
一泓思念反复吟心
花瓣俯吻温暖的诗行
水墨即是春天的情

心音跟着飞花的韵律
随雨叩开夜色的窗
羽毛笔行走在诗的古巷里
波光触动绵长的爱

风帆蕴藏月华的梦
云水书写眷恋的文字
星雨融化缱绻的故事
音符咏唱着爱的深挚

## 落雨吻及一弯上弦月

水雾开出玫瑰
红尘迷离着春色
云朵吸吮诗韵
暖风托起鹤舞的梦境

许愿星子听着心音
落雨吻及一弯上弦月
花语从笔端融化
诗墨追逐着句子

飞絮涌入光阴的扉页
月华落入夜的窗子
每次坚韧不拔的翱翔
都渴望种下一片温暖

波澜轻弹雨丝的牵念
星月润泽眷爱的心梦
烛火执笔写下流年
玫红来自风云的热恋

# 一朵浪花跃上琴弦

一朵浪花跃上琴弦
弹响光阴里的青山碧水
流云捧起更多的月色
在花香中舞墨吟诗

渐涨的叶影
濡润了相遇的五月
花瓣翘盼清风的起伏
想把爱恋嵌入时光深处

飞羽从初夏穿过去
魂牵梦萦
星辰私语
寻到了重新弯曲的那条小巷

音韵熟知柔雨的暖意
从诗卷中回游漫漫风情
云叶腾涌不息的生生相依
将花蕊写进真挚的眷爱

# 一行行眷恋的心语

微风探寻着芳华的婉约
红尘悄然走向
梦中的桃林

深流的霞光
追逐溯源
回首时的月色
诗雨在纷飞
星子写下
一行行眷恋的心语

一盏油灯独守一座城池
依依的窗口
懂得了全部的守候
云水酝酿融融的光阴
花瓣继续画着那只蝴蝶

笛音的翅羽一展一翕
云帆升腾着不落的光芒
河上的一叶青舟
划过雨帘

## 相融的灵魂来自何处

雨落江水
夜来，记起了
一朵梦在空中盛开
仿佛有一道灵动的光
穿越诗的波澜

柔云让时光重现
汇成那一次次的飞跃
月色霭霭之间
熟悉的心音
在倾诉
相融的灵魂来自何处

一轮月光抚过一阵风
花蕊在高处翱翔
守护的星子
点点扑闪
涟漪吟哦春的约定

雨的恋思
折叠成一只出海的船儿
诗韵洒满江南的缠绵
梦华归入回声

## 水月抵达心动的眷爱

清风如此引思而来
对着这一涟云影
正在为追随而歌吟

音符驻足河边
饮水
花瓣再次盛开于
弦月之上

波光唤醒唯一的娇红
雨丝企盼细腻的柔情
融化的笔墨丰盈着故事

扉页翻动点亮的繁星
时光起伏
风韵掬着窗子的依恋
梦云摩挲叩开了小窗
水月抵达心动的眷爱

## 找到了落脚的小地方

厚厚的泥土
在冰冷彻骨的雨中颤抖
深深地凝望
世间所有对错的符号
仰头看天空
深邃的眼睛在发红

生命中第一次
没有请求大树的保护
咬力攀爬向前
终于找到了落脚的小地方
几年前的一场暴风雨
折断了一根树枝

山的轮廓
映衬在地平线上
一道独特的黑线

风猛烈地吹刮
几乎失去了掌控
灵性的呢喃
没有什么能减损
这个世界的美

## 把信夹进笔记本

伸手去抓天空
手指握住大气的蓝色衣裳
轻飘飘的羽毛
被风击打着
云朵从太阳上弹开

世界文学的经典
散落在周围的地板上

梳妆台上一张
装框的相片
英俊的少年
牵着一位少女的手

我从地板上
捡起其余的书
放回书架上
最后三卷是
马里奥·普佐的著作集

我把你的信
夹进
我的笔记本
合紧

## 柔吻着上帝的耳朵

叶子落入灌木林
眼泪挣脱眼眶的怀抱
寒风吹来阴沉的乌云

荒凉的岩石和海岛
聚集千倍万倍的酷寒
搁浅的帆船
栖息的海鸟
幽冷的月光

旋开一个入口
有可能是
单向通行
进入
然后出来
相遇的是什么
拥有的是什么
失去的是什么

用心在听
叶子和寒风的私语
柔吻着上帝的耳朵

## 细雨编织着回忆

细雨编织着回忆
看着似乎是很短暂
其实细想
却又很长
无休无止呓语绵绵

雨伞撑出朵朵的莲花
水墨的池塘
在吟诗
不知是谁丢下的石子
溅起了思念的小水花

咖啡杯底映着
雨的跌绊
白衬衫上渗着
雨的吻痕

饱满的故事
牵念的潮涌
偷偷地藏进了
私密的日记本
书写着
与爱有关的所有格言

## 光阴抽取的丝丝韶华

阴雾中
山道的走向
语焉不详
锈蚀的铁轨铛铛
敲亮教室的晨光

背着书包
踢着一块调皮的石头
踩过了青春
长廊的竹椅
品咂着
脚步离去的距离
壶里的藏茶
还残留着彻夜的余烬

愁思盘踞成了
石阶上的青苔
袖口皱褶寄存的是
光阴抽取的丝丝韶华
星期六摊开于书桌上
有声有色地渲染在了
日子的最深最深处

# 这就是世界

肥嘟嘟的晚风
兜里揣着碧绿的短句
让灰暗且停顿了的夜色
在窗前
被骤然修正了几秒钟

绷在贝壳上的弦儿
将潇潇的话语
紧紧缠绕在腰间
幕布提起来
上演着
唯美的蓝色葡萄园
只有上帝
才能创造出这些东西
这就是世界

## 纽扣见过土豆

半截橡皮擦掉了雨迹
土豆坐在门前发着呆
土豆皮蜷在门后睡着觉
阳光推着树影进屋来

影子站在睫毛上
梨花飘落在屋檐下
宣纸展开了翅膀
一首诗吹着风笛

赏雨的小船
穿过梨花深处的渔歌
雨后滑落的纽扣
赤脚走在诗絮里

醒过来的土豆皮
比前世愈发清瘦
而,土豆没有前世
然,纽扣见过土豆

# 目光追逐着风信子

目光追逐着风信子
沉默躲进水晶球
琴声敲响夜的门
星子轻驮你的诗

放一颗柔软的星子在枕头底下
紫蝴蝶成双成对
飞入我的梦
落在琴弦上的羽毛
诉说着永恒

诗词的韵律
轻轻压住晚风
眼角的泪珠
在诗里打着转
潮湿的牵念
在节奏中重叠

始终不问爱或不爱
蝴蝶的互相躲避
是为了碰在一起
水晶球里下的雪
是为了拥吻泪珠

## 在你的梦中躲雨

风儿一直在瘦
瘦成了一首诗的题目
孤零零地在雨水中
独自起承转合

云朵轻轻
脱掉风的外衣
微微抖动
蓝色的思念

喝下
熟透了的浓浓秋意
诗句瞬间碰撞出
童话的图案
野草在秋风的咀嚼中
感受着光阴的温度
甜蜜的丝绸包裹黄昏

无论如何
请你不要责怪
一片随风飘摇的树叶
流连在你的梦中
躲雨

## 琴键上的秘语

寒风的四处乱撞
撞碎了我的眼泪
颤抖着的冷空气
在琴键上流动着
琴声溜到窗外
音符牵着冬雪的手
上下起伏缠绕曼舞

枯瘦的枝头
集结越来越多的语言
一个小小的符号
随时都能把枝丫压断
临街拐角处
张贴着
一枚眼泪的沉沉重量

陡然
飘雪从诗的首行
滑落至末行
在坠入海洋的那一瞬间
被你的双手
温热地捧住了

## 时光的逆笔之波澜

编织
一缕清风的颜色
眷恋
一滴深夜的滚烫

莲蓬举起
一枚果实的青涩
叶子在深夜的裂缝处绣花
弥合了
谁的烛夜,谁的芳华

将笙箫
永久封存在木匣子里
晕红的花蕊
在血液里流淌
夜烛燃尽最后的一行清泪
莲子紧衔着
不离不弃的弯月
沉溺在
时光的波澜中

## 爱上夜的使者

数不清
风中吹乱的发丝
苍白的文字
被连根拔起

紧扣着的十指
双翼守护
眼神中的温度
彼此交缠
倒影中的月亮
抽离宇宙

迷路的星子
沉默不语
词汇的波折
极为隐蔽

风,缓缓吹着
月亮的心跳
如果眼睛不是
月亮的颜色
爱神依然会爱上
夜的使者

# 在诗里安一个温暖的家

月的钩儿
挂着寐与醒的距离
心的跳动
踏着光阴的节律

月光藏着
收不回的目光
夜灯里闪烁着
守望的脸
诗絮接二连三
落入月船
胀胀地挤压着月亮
月亮忍不住一阵颤抖
星空瞬间绽放出
一切的妩媚

群星气喘吁吁地赶往
月亮的身边
披着神秘的彩裳
携着挚爱的心儿
在月亮里凿一张床
在诗里安一个温暖的家

# 眺望尘世的巢

从烟云中
汲取一点点力量
独白丢失在昨天
不是偶然
足迹在河岸
眺望尘世的巢

风声鹤唳
诗句在天空
画着弧线
雨垂下眼睑
触摸温度

几缕红袖香
在水中兀自闪烁
凋零的花瓣
在风中化成仙子

记忆赤脚追逐落日
一丝丝尘缘
牵着提线木偶
在素纸上写下诗行
陷入解读你的秘境

## 最蓝的蓝痕

神秘的沙图底色
雪蓝色在隐退
整个造化之力
依旧不肯凋落

话语揳进沙丘里
向着窗外翘首眺望
盐粒裹在羽毛中
绕着繁星凿开天穹

蜂鸟飞上
忍冬的花瓣
徒然的沙
赤身上战场
抖落了一滴苍白的盐

带有星辰印记的誓约
紧紧地绕着圈子走
直到太阳
深深地崩裂
绽放出了
最蓝的蓝痕

## 飘走的面纱

目光掠过呼吸的大海
惊动到了落日的余晖
雨滴击碎了颤抖的梦
海鸟掀走少女的面纱

面纱飘落在星子的吟唱里
城市上空的泡沫隐藏脸庞
屋顶上的幽光缓慢地踱步
一艘舢板载着雾离开了码头

又细又白的语言
在前额踉跄
偶尔能碰上
梦想已久的诗行
海鸟轻声地唤醒
大海和玫瑰

袖中的诗稿
准备了一个吻
作为蜜露
以便滋润
少女炽烈的唇瓣

## 雨缝里的阳光

阳光在雨缝里
找回履迹
骑风追月的青花瓷
盛满诗韵
马头琴的回忆
藏在木屋里

花朵在时光中
收割雨水打湿了的柔软
诗词在岁月的涟漪上
裹着暖阳
站成一抹嫣红

雨后的阳光
慵懒成
一群半酣的小猫
蜷缩成
一团射线的端点
将所有的柔度和弧度
刚好安放在了
一匹骏马的暖背上

## 在云朵里写信

角落里的细碎言语
看见风的颜色
很契合
趋近零的氧气
糅合在
染了色的黑白电影里

恬静的露水
潜入海底
蓝色的微笑
凝固嘴边
潮润的牵念
随波翻腾
剧中的石头
也会开花

我在一粒红豆中
等待沙沙的白雪
每天认真地
在云朵里写着信
诚恳地拜托
风儿寄去给你

# 诗集里的安逸和温暖

饮着
一抹泪里的莲露
花的影子飘落成诗行
炊烟趴在黄昏的脊背上
柔光带来清晰的剪影

在湖心里
交颈的天鹅
紧紧咬着月亮的银钩
把日子搅得
风生水起
惹得芦花一荡又一荡

夕阳的笔尖
写下了
呓语着的深情文字
每一个字眼的对眸
每一个符号的重逢
每一个段落的凝练
逐字逐句
黏合成了
诗集里的安逸和温暖

## 太阳在唇齿间升起

风中的葡萄籽
回头
看到了狼烟的姿容
尘埃拒绝随意行走
成了笔下的香火

太阳跟随云朵的纤指
在唇齿间升起或坠落
包裹着尘世的冷与暖
驼铃声摇晃在人世间

奔跑在舌尖的嘶鸣
碰碎了一路的露珠
在彩虹中寻回爱的圆满
复活的海上下起伏不歇

一缕烟染绿了一树葡萄
熟稔的气息
暗藏在树叶的背面

泛着微微柔光
是你来的方向
怀里捧着一枚太阳
轻轻地向我走来

## 火焰拉长牵念

水的触角
悄悄地盗走了火柴
几颗孱弱的星星
留在天空里
越老越韧的诗墨
默默织网

不断追问中的哑谜
染了色
草尖上的扉页
愣怔着泛黄

喝下弯月和星子
火焰拉长牵念
主宰着夜的沉吟

掌心的雨水
在持久中寻找着
被风卷走的纸上之河流
每一次的重逢
都碰亮了一颗星星
也唤醒了
沉睡在杯底的银河

## 融入诗歌的蛹壳里

那枚折落的蝶翅
凝聚成了一颗琥珀
时光把忧思
贴进诗句
碰出了何去何来

云端上
一尾休眠的鱼
闻见烹熟的前世
突然就怦然心动
紧牵着故事游走了

风从廊桥上走来
把云烟
一起托举
没有浮沉的遗梦
但有起伏的往事

重新回到
情海的呼吸
轮回的波纹
深深融入了
诗歌的蛹壳里

## 让爱回到爱

月亮在路上闪了腰
分针携着风的心跳
秒针含着嫩绿的雨
抵达了鸢尾花的魂魄

雨丝的吟曲
让爱回到爱
诗韵的夹缝里
滑动着月亮的梦

在这一秒与下一秒之间
一半的弯月
追上马蹄声
敲醒了天空
孤悬的钟

身后的霜露
被目光灼透
另一半的弯月
和你叠在一起
世界转过脸去
时间凝固在了
眼眸里

## 隐藏着话语

足迹把落叶深深弹起
冬天的蓝色发夹隐藏着话语
空想的角落从未迷路

树叶交错打结
沙子在狂野地抽烟
飓风冲刷着喘息
薄纱失去了影子

风的铅笔拽住衣衫
词汇划出妩媚的伤口
抱一把命运的竹签
等待紫色的梦
愈合

空中缠满了
看不见的弧线
唯独看见
一片叶子
从地上一跃而起
将一阵风带出去老远
盘着思念的发夹
呆住了

## 点燃了爱语的灯盏

黑夜的中心
墨汁掩盖了瑕疵
倒转的风
裹挟着诗的两翼
在期盼着
云朵经过的样子

风在窗台上写着信
剪影像经典的剧照
每一绺诗句的浅痕
每一丝指尖的余温
都想让全世界知道
在琉璃上画的月亮
点燃了爱语的灯盏

缠绵的风云
是诗歌的上下唇
深含着诗韵
颤了一下
又颤了一下
然后
晃动了整片树林

## 一线晨曦

蚂蚁穿越整座城市的冰冷
风中的树枝决定着是与否
脚步惊断了倔强的疑问号

星球旋转的配铃
汇成了流动的诗海
窗子旁的雪茄
吞吐着一卷卷的云烟
蚂蚁搬运的珍珠
触碰到了贝壳的呼吸

树梢上的嘴唇
温润如月色
涧谷的合与离
飞萤般闪烁
在诗的低语中
拾起一注目光
手掌开始生出汗水
在雾起时
等待薄薄的
一线晨曦

## 给梦找一个相爱者

用风
折叠出两只紫燕
邀请月光
在草尖的浪潮中飘游
一本无法安睡的书
在给梦
找一个相爱者

一圈又一圈的年轮
一涛又一涛的吟唱
书包装满
梦境的烙印
每天左右着我的幻觉

我梦见
我变成了一个梦
通过你的眼睑缝隙
钻入你的睡眠深处
相融着你的灵魂

## 不同滋味的雪

一滴泪珠
落入了
雪与雪莲的故乡
迷雾让开一条道路
流浪的迷茫双眼
望着滑落的流星
宛如
归途的明灯

落雪积压一枝枝
掀不动的记忆
日子在脚下发白
命运发出檐雨的
滴答滴答声
是谁
把敏感的风
重新拾起

两颗
不同滋味的雪粒
在风里
画出一个圆圈

## 雨的翅膀

上帝收走了
雨的翅膀
雨落在
受伤的阳光里
穿裂的声音
潜在海底
一滴力量
撬动一片海

来的路
消失在浓雾里
时深时浅的脚印
刻在天空
雨中飘摇的云朵
为了一个字
而行走了万里路

斜窗剪出
清瘦的梦
雨滴砸碎冰冷的门
让上帝挥汗如雨
让深处的梦开花

## 爱,藏进太阳

在一枚叶子的雪地里,行走
灵魂在倒立的漏斗中,打转
一件迷路的白衬衫
握着笔,计算着
无风的日子有多远

黑夜保留着完整的白昼
云朵里的朱砂
心无芥蒂
风,把你的城市吹了过来
月亮抱着心跳躲进雪里

半路停歇的叶子
把北风紧捂在胸膛
信件里倒退的字
我把它们藏进太阳

风从天空的肩膀,跌落
轻扯着白衬衫的袖口
我轻轻地咬下红月亮
穿过一粒白,雪的白
衔着月吻入你的唇

## 诗的粉红胭脂

把窗口的灯光
装进星星里
身体里的麋鹿
把疼痛压了下去
船划出的水痕
陷进了裙的褶皱里

屋角翘起温柔的微笑
星子换了一个坐姿
月亮提着一壶尘世

摘下角落里的烟圈
指尖酝酿着一片海
寂寞啜饮着一颗星
看着你
却不敢说爱

夜的一角悄然歪了下去
我想抓住水里的万物
和你共描
诗的粉红胭脂
免了一劫
片纸只字

## 举了举这多此一举

在雨的身后
编织话语的尾音
笔杆的深谷
剪断幽微的沉寂

被风撞疼了的百合
抖了抖
身上的苍白
举了举
这多此一举
相信月光
始终会返回来

雨知道
我在想你
好想顺着雨水
把你
剥进心海里
每一颗雨心
都是空空的
每一颗雨心
又都是胀胀的

# 风尘里的逃离

慢慢地
把贴在墙上的自言自语
一点一点撕下来
宣纸中的紫罗兰
想要说些什么
但终究什么也没有说

一条鱼儿的标本
饮尽了一湖水
一粒沙的世界
铺开一枚荷叶
每一滴守望
最终被一线冰雪击中

扯掉最后一道屏障
眼眶结满了盐霜
渴饮液化的目光

将一条河的种子
深埋在夹页里
竹林的啸声轻轻一吹
吹走了不能言说的灰尘
空气的颜色全是紫的

## 等着你来

每天看着落日
咕咚一声
沉入海底
螃蟹剥着我的壳

最后一枚硬币从天堂坠落
半握的小手
握住了前世的那一泓天籁

被驯服的风声
饮下纯情的酒
寻觅麦垛和笙歌

醉意的暮色
慢慢从脚下爬上来
一朵云
翻阅着草尖上的细节
忽然被一位少女背走了

借着余晖的镜子
闪躲的眼睛
用一分青涩
擦出一粒火星取暖
等着你来

# 又一个冬天

一口一口的风
啃秃了枝头的鸟语
红尘安静地睡着了
纸糊的木格窗倒空心事

太阳在土壤中重新成长
完成黑白的交接
年轮的攀缘者
痴然而坐
坐成一盏
依着黄卷的青灯

隐痛的楼梯吱响
那些割下的时光
试着擦亮共鸣的琴瑟
眸子里回荡着
檐角的隐喻

风的孩子
在红叶中显现成
寓意深远的诗笺
炉膛里点燃了
又一个冬天

# 夜之眸

风谣穿过林涛
一素的草书留白
思念切割不眠
马蹄声破尘而来

挽一江春水
袖藏三分月色
那些潜在喉咙里的灵魂
在月光里独自沉吟

当夜阑骤起
梨花落满诗的扉页
有风悄悄
起于青萍之末
还差一排纽扣
没有钉上

夜的眼睛醒着
一节节
向着春天延伸
通向羚羊的梦
一根火柴
夺人心魄

## 澎湃的承诺

两弯睫毛
深藏着冬雨
有意避开
冬天的主题

从大地的张望中取出安宁
把春天
甚至夏天
甚至秋天的浮尘擦亮
屋外的虫鸣
墙上的猫叫
都能煽动史河的风情

把手插进河心
那轮月鱼跃而出
我接起最后一滴蓝
大地又多了一首诗

喧嚣正在睡去
风不睡
风正在走过路口
依次点亮的灯火
依次镶嵌在月亮的眉心

# 雪,再次开遍天宇

雪封已久的房门
踩不稳
流水的节拍
一棵伏在路边的小草
支起耳朵
聆听记忆的足音

枝头悬着的影子半红半暗
很远的过去有着很远的风
雪花散在日夜隐退的拐弯处

拴过马的夕阳很薄
涂抹的诗词
径直写在夜色的胸口

在偶然的回望里
记忆的碎片
正在徐徐飘落
跃过书中的泾渭
一翻页
莽莽乾坤
雪,再次开遍天宇

## 海的掌心

月光在树叶上
打着小旋涡
悄悄地拨亮
相遇的两颗心

编钟的影子
深邃爬行
千种波涛
代替了
最初与最后的波涛
这一条一条的道路
都将距离的温度连接
并且安静地躺在海的掌心

鱼鳞轻柔地剖开蓝梦
梦幻的自问
没有回音壁
月亮透过窗帘
悄语迷蒙
犹如萨尔瓦多·达利
画笔下
垂挂于树枝上的时间

## 锲而不舍的恋歌

捧起一朵潮音
海豚从不碰疼每一丝波光
比远更远
比近更近
大海始终翻腾着
诗的灵魂

月光顺着指尖滴落
心坐在海里
把荒原催开
一颗颗尘染的日子
从弯月的弓弦上弹出
一枚枚落地生根

来不及躲闪的灯光
把梦装进
画满窗子的列车
将年少时候
锲而不舍的恋歌
挂在黎明时刻的草尖上

## 温柔之痛

夜,再次从花瓣上滑落
月圆了一回
晚风的一个翻身
压住了星云的飘影
云朵用遍体之伤
守护着承诺

从天上流入水中
灰色的疑问
凝结成了瞬间的奔跑
回忆在世间的脚步中
重叠着映出花朵

细雪丧失一切的重量
回到最初的位置
霜痕扣在文字的窗棂上
受不得冰冷

落日给每一滴
抬头的水珠
一粒金子
那是橙黄的翅膀
安伏下来的温柔之痛

## 瞩目高处的高处

一回头的工夫
天空便轻了起来
课本里的碎石
早已化作汉字的声音

音律软化了都市的僵硬
花蕊微微抬起头
瞩目高处的高处

一棵葱郁的树站出风度
固守着枝头上叶子的爱
汲取一朵微澜
让自己沉醉
将昼夜的距离
缩短到
一缕檀香的气息

握不住的流水和衣袖
在岁月的窗口
摇曳着风声
道路和阳光
抬起了
世界仰望的最高度

## 醉饮着烟雨潇潇的梦

一粒雨靠在街边
因害怕被追逐被没收
所以
在阳光下落地为草
不敢生出半寸身影

沙子在青石上习字
流水声灌进一根松针
风的条条缝隙
变成一段静止的距离

清音敲打着
指端流动的文字
空气正在悄悄地往回走
最浅的勺子
从雨中舀走半睡半醒的风尘

雨的行囊里
装有一点点盐分
是它最珍贵的礼物
一管羊毫
走过千年风景
醉饮着烟雨潇潇的梦

# 一羽浓诗

灯火让尘风
拉直心中的问号
辗转的思墨
如屋上的一羽浓诗
铺展的素纸
如窗外临湖的青天

深邃的目光
剥光岁月
翘起的檐角
剪出记忆

在飞雨的缝隙里
流不去的永远是梦

月光紧随一朵玫红
蒙着面纱的天池
未及命名的一切
诗韵勾画着一幅眷恋图
蜿蜒盘旋而无尽头

## 忙着种下自己的梦

无法复述的空白
留给颗粒状的早晨
舌尖含着泪的箫声

在梦里
浸泡了好久的星星
把心再一次
挂在冬天的回音里
云朵正一点点
将风吸纳到身体里
梅花溪流
洗着月亮的伤口

诗句无意中打了个哈欠
舒展的水袖轻弹飘雪
弦子上的羽箭化成了旋转的云天

白雪在素纸上作画
仿佛这样可以改变命运的方向
那些渴望美丽的心绪还在飞翔
一粒被风吹远的种子
沿着太阳回家的路
忙着种下自己的梦

# 回忆的心底

天外的风
无定向地流淌
一枝梅花
横卧在回忆的心底

一声木鱼
解开一粒不可细说的尘埃
时光的袖口绣满浅浅的文字
流水的筋骨轻过落叶

把花瓣酿成一盏
浓烈的老酒
翩然的蝶之书
被风吻开
颤抖的清露
打湿了飘逸的长发

从未开口说话的一棵树
讲述着沉淀的故事
光影木屋前
觅食的燕子
深啄着树枝上
细数万年的风云

# 探究人生

雨滴落进断弦深处的焦渴
水草的身体里布满天空的蔚蓝
音乐冉冉泛起重叠的手印

一触即发的左窗
揣着岁月的欠条
柔软的棉花
借走了月光和轻风
杯中的叶片
上下起伏探究着人生

停顿的手指弹破烟灰
一支沙沙运行的笔
把故事的细节问了又问
角力场中的棋子
席卷宇宙抛出的微尘

时空飞速打磨着
季节的鹅卵石
诗句在雨中挥舞着那弦
心中的最强音
命运的纹路
汇成了绚丽的星河

## 寄存的阳光


渔歌的韵律
滑进碧波的笑靥中
奔跑的足音
撩动沿岸的脉搏

羽翼从季节的最南端
出发，噙住桃花
微笑的泪滴
寄存的阳光
裹着舌尖的绵柔
字符酝酿出的爱恋
一切都融入了心灵

落叶赶去最遥远的神塔之外
湖水经历着烛火和影子的秘密
鱼群深衔着声势浩大的剧情

乐得像条鱼的太阳
用明亮的鳍
把自己拍打成一行精巧的文字
暖意融融的浪潮
剥开了梦的花蕊、风的情丝
缭绕着循环不断的笛音

## 不肯挪远的思念

被暖风吹饱了的谷穗
喂养着人间的爱情
泥人的寻觅冻结在分秒之上
太阳的预言
垂直于一张稿纸

一把椅子沉默着改写
书本上的指纹
竹林掩去一半的老屋
不肯让心里的思念
挪远一寸

遮阳帽倾斜着身体
急于长大
风筝飞在风的最前面
倾听文字下隐隐的水声

石头从水里升起来
田螺在脚边歌唱
蝴蝶在交叉路口相守
用神秘的语言交流
拥抱尖叫的蚂蚁
沐浴着倾泻的阳光

## 千种响动,万古回荡

不断跳动的火焰
如舌尖
把无边的黑暗舔舐干净
寒冷与炽热之间
是一个富有张力的动词

一枚蜷曲姿势的叶子
注视着雨水的流向
叶子在期待中,燃烧
点亮了灵魂和想象
继而打开记忆
打开含义深刻的章节

露珠浸在火的倒影里
诗的传说被目光洗透
几滴清脆的鸟鸣
沿着叶脉滚落
随着风在人间绕来绕去

夜深无事的时候
诗情总能像树叶一样
传达出千种响动,万古回荡

## 唯一的起点和结局

风云交织的尘世一角
星星转身
私守一弦弯月
一枚绿松石的蓝故事里
一滴白莲的月华
落在心房

月色积攒子夜的海水
一串海鸥
剪出一江星云
风的挥毫泼墨
渲染了光波里的情愫

风在宣纸与折扇之间
铺展着
云蝶的诗笺

风悄然
住进云的身体里
云成了风
唯一的起点和结局

## 刻骨蚀心

月是水的魂魄
渴望
刻骨蚀心般的抚慰

让星子在眼眸中
醒来
紫薇花端着
蓝得发紫的酒杯
活着
就不要让梦枯萎

流水曲折
柔美的生存
缩短了和明月的距离
月亮打开回家的门
把爱过的
再爱无数次

清风轻轻地挥动着雪纱
飘洒水蓝色的诗句
让每一颗
落入酒中的星星
都挣不脱月光的牵引

## 你在,最好的风景就在

河流还没追逐到尽头
积雪等待着
用一生的力气去泅渡
不能轻易说出的词
绣在了千针万线的韵脚里

人间的枯枝
在微风的爱抚下
迅速复活
下弦月的月光
透过氤氲的水汽
溢满河沿

浪花向着天空昂首腾跃
最终获得了白云的沐浴
玫瑰将呓语融入蜿蜒的涛声
含住了一滴不同的雨

浪痕让河影
反复密集重现
万物深埋于滚滚红尘
雪,怀揣着圣洁的玉
你在,最好的风景就在

## 真爱引路

霸道的夕阳
吞掉了
最后一片雪花

云朵从童话的开头
缓缓走来
鱼儿窥探湖水的心事
树叶上叠积的红尘
一场雨
已经不能解渴

水粒抹去
沙粒上的启示
羽箭急于奔向靶心
沉甸甸的云朵
想说话了
雨就是温润的言辞

把时光斑斓的照片
贴在心灵的窗口
在起伏的画面中
真爱引路
没有尽头

## 灵魂之蜜

被飞鸟
扇乱的星子
一遍又一遍地
演着独幕剧
从未恋爱过的石头
硬心肠里
也有回忆的河流

云将霓裳羽衣
托给了一群蝶儿
逍遥在诗间
灵魂之蜜
洒满了绿色的海洋

两颗星星对峙着
一条银河
聆听着大地的轻吟

月亮在黑暗的背后
不停跑步
让爱来回奔忙
直至从云层的深处
燃起一盏神灯

# 生命洞悉了一切

云朵把天空
擦蓝了又抹黄
低处的生命
被风叫醒
千年的时光
将流水渡到今天
时间的羽毛
蕴藏着秘语

望风
赤脚追逐落日
一生如梦
不带凡尘烟火

树叶在年轮里画圆
一滴明亮的梦盘旋着上升
风铃串出泉边的故事

从秋水的漩涡中
长出一轮太阳
倾听飘云的咏唱
暖风随着记忆入画
生命洞悉了一切

## 为了等待一场雨

蔷薇攀缘着栅栏的记忆
将梦安置在一片云朵里
阳光的细碎絮语铺陈着蝉鸣
雨滴许久都没有来叩打心弦

出门左拐的绿风
把岁月吹得波光粼粼
贴水而枕的荷叶
充盈着眷恋
一直簌簌作响

蚂蚁从梦的边缘开始搬迁
一辈子跋山涉水
只为走进那安定的家园

草地上
打开的书本和树叶
一边说着悄悄话
一边在等待

为了等待
一场雨的到来
握伞的骨节
泛起了白霜

# 护佑着爱情

一朵花
坠入书页里的春雨
披在肩上的丝绸
无声滑落
月光沿着裙摆爬上窗口
湿沉的心扉被雨声抬高

一首诗歌的青苔
推陈出新
护佑着爱情
地平线上的高脚杯
倾倒着满山的积雪

纸上的墨迹
啃食着夜晚
雪把爱情
交到诗的手心上
一阵清风
收割了美丽的邂逅
一株隐喻的草
饱含着月色的呼吸

## 眷爱之河永不冰封

许愿瓶里的两颗小海星
把昼夜的曲径酿成浪潮
在光阴的缝隙中
不停穿梭的音符
隐藏在了
被月光洗濯后的眼窝里

夜半的编钟
顾盼芬芳的花蕾
晚风轻推着
春水上的红灯笼
潮湿的星空
还穿着去年的那件蓝衣裳

鱼儿的温情
填满了风的港湾
风
读出了海枯石烂
读出了生死相依
明月的眸子涌动着暖流
眷爱之河
永远都不会冰封

## 太阳的骨血

叶子在树上
描写心跳的爱情
诗意的阳光
悬挂枝头
猫着腰的风
漂白了梨花

歌谣立在草尖上
将一枚红豆
从一面阳光
弹落成了
另一面阳光

尘埃拥吻阳光的温度
诗句敲叩时间的硬壳
灵性的风把落叶吹成玫瑰
太阳的骨血孕育出一只火烈鸟

清风需要一片星光
抵达那个夜晚
幸福的圆满
栖息枝头

# 雨念

雨滴溅起
不肯停落的牵念
世界似乎并无增减
一颗心雨
点化了人间
于是
人间有了玫红的印记

雨中那株
羞涩的石榴花
滴答一声
收到了一封情书
未名的憧憬
顺着屋檐滑落
微风在诗里
缀上了一朵青莲

小草的茸毛
吸吮汁液丰沛的夏天
诗行在折扇的封面上
按下了红手印

## 爱的精灵

海边宝蓝色的小花
饱浸了湿润的心事
听风解雨的那扇窗
揽着月光
共枕良宵

海面飞动一张张乐谱
曲调滑入年华的心脉
夜色拧成一根根绳索
云朵穿过人间潜入海底

欲落未落的星子
紧守着岁月的房门
海风一直在寻找
生命中失落的部分
浪潮在风中
卷埋那些轻浮的流沙

月亮俯吻颤动的花蕊
让爱的精灵拥抱这弱小的身体
云朵紧贴在海风的胸腔
让海风找到了
属于灵魂的所有吟唱

## 共唱一曲烟雨

冰花在心海
开了一遍
一根弦
沉甸甸地称着
思念的重量

垂柳系着的月光
已脱缰
丝绸上的花鸟
啄取诗韵
清风叠云
共唱一曲烟雨

海水领回
一把记忆的钥匙
绿萍洒向
一池芳华的诗墨

一个词牵动着
另一个词
一颗心融合了
另一颗心

## 灵魂深处的种子

在光阴交接的封面上
黎明从眼中滴落
白云点亮风化的足迹
在时间的边缘筑巢

清风奏着翠笛
洞彻的力量
穿越古今
夜色里的风暴
狂掀月光下的雪花

一片片叶子
想要回到树枝上
让风重新吹得哗啦啦响
直到吹醒
灵魂深处的种子

剩下
最后的一页白纸
白云还在画雪
清风投向白云的眷恋
漫过了所有的雪花
吹响了所有的树叶

## 冰唇

一捧一捧的星子
沉湎旧梦
悄然夹进书卷
做一枚幽寂的标本

夜的空格子
漏掉一点笔墨
箫音轻触
月华的半轮冰唇

星子点亮
小草的眸光与心事
晚风摇曳着草心
书写年华
镂空的木窗
腾涌着爱的情愫

一缕月色的深蓝
潜入梦中
梦之水的回音
即是一株玫瑰

# 夙愿

星星在夜里
完成了一篇
葡萄成熟的日记
青风俯贴
十万朵鸟鸣
敞开了内心的春韵

云朵从静谧里
抽出时光的褶皱
席地而坐的雨
萌发古老的写意

月光抬高诗句的海拔
一颗掉落的葡萄
把雾岚撕成了两半
星星蹲在夜色的掌心
没有一丝裂隙
紧抱着自己的夙愿

## 今生永久的誓约

阳光沿着光阴爬行
清楚地听到
在秋千上躲藏的故事

情思撬开云缝
进入绵长的细节
字符弹动温暖的浪漫
溢出的露珠
唤起一帘美妙的红晕

花蕊温润着色调
波点融在眷恋的芳华里
梦絮
沿着书页的纹路
翻涌

白云写意爱的全心全意
飞羽高展叠影的相依
青墨浓醉
今生永久的誓约

## 共饮一江细水

夜幕封锁层层雨帘
风裹着淋湿的心
撞来撞去
相思弹断一把竖琴
烛光摇曳的泪
不曾干过

飞鸟脱落的一枚羽毛
丈量着
漂泊与飞翔的距离

云朵数着
每一滴雨的过往
诗行里的星星
开始发芽
夜里的城市
只留下一盏灯

雨水扑打着如豆的灯火
掌心的河流开始回应
弦下的莲花开了半亩
风拂云畔
共饮一江细水

# 心中的潮汐

窈窕深邃
花开的声音
惊动了风的慵懒
雁痕剪开长空的寂寥

岁月的倒影
被风提到花枝下
尖叫的种子
被云霞收拢深埋

碧海在玻璃杯中伸展晃动
带着星河跳跃的旋律
笛声在季节的主题中纷飞
紫罗兰听见了心中的潮汐

隐秘的羽翅
诵唱不朽的故事
鱼儿把泡泡
磨成了滚烫的符号
斜风穿过月辉
十指间的流韵里
握着依恋

## 流云回眸

炊烟凝望着
一江波涛
桃花扇起了
又一轮涟漪
春风温柔解开
神秘的胭脂扣
青鸟以灼热的方式
追求着爱情

夕阳沉入船的梦里
隐藏多年的私语
蕴含着缱绻
花瓣打开夜的眷恋
风把月光
从篱笆推到了窗前

船帆沉醉于雾的缭绕
一叶折叠的诗情
嵌入时光
流云回眸
风在长思

## 雨 丝

雨水正在改写
一截截青筋凸显的时光
将陌生的道路
糅进了月光染白的纸上

一夜的涛声滴落在枕边
一枚雨的去向是一个谜
微风吻过睫毛上的一朵云
星子低头拣出了隐喻的诗

群山的相思竹奏响了叶笛
倾诉着牵念之情
雨露向一颗红果
探询着爱之根

年华顺着雨丝
爬上月亮的窗子
相邻的两颗星星
牵手与山海同醉
一层层雨
细细咀嚼着
故事的开头与结尾

## 唱响阳光

时间颠簸着
驶进浓雾的深处
断了绷带的记忆
彻底翻覆
正在放映电影的清风
打开窗
幕布偶尔会动两下
云朵开始融化

绿叶合起橘红色的睡眠
梦的蓝调带上一枚纽扣
情节在飞翔中记住了方向
落雪在裂缝中销声匿迹

雾气绕过凹凸的足印
箫声涤荡远处的红尘
夜色的指尖轻轻翻动剧本
潺潺流水汇入纸中墨

一个字符碰疼了一滴雨
清风在为斑斓的光阴吟哦
韵律穿越浓雾
唱响阳光

# 专一的深蓝

晨曦编织着
湖水流淌的心事
悠云端坐在
天空修炼的琥珀里
风在落笔前
嫣红的花朵已盛开

垂柳小心翼翼地
把波纹揣在怀抱里
独自一人
细细地解读着相思

风牵引着绝尘的云
弹落的花事
惊艳时光的长河
柳条深情诠释
以曲为美
以柔为诗

专一的深蓝里
藏着一颗心
玉燕衔着一叶瑶琴
翩翩而来

## 润泽梦的春色

晶莹的诗情
飞进童话的窗子
心曲落入眼眸
湿润成风景
微风摇曳着尘嚣
退后数千里

流水掬起一捧暖阳
安放在灵魂的心口处
行云描绘一幅画卷
爱的音符
悄然盛开

落叶俯身大地
从低处起跳
浅草舒展着身体
纤指缭绕诗絮
风的低音回响
唤醒融化了
冰的寒
云的柔然生香
润泽了梦的春色

## 晓风漫云的心潮

天光云影
蛰伏于千梦的画卷里
照亮了游雾回家的路
尘埃折射出北风的寓言
子夜的露珠弄湿了眼眸

星辰的呓语藏在了词本中
遒劲的风声
拥吻着回忆的片片青叶
沉鱼饮尽了一杯时空

流云不理睬尘世的磕碰
将无数的颤动裹进了霞色
一轮拔地而起的光线
震惊了宣纸上的诗词

星空的蓝纱
萦绕着沧海
凝霜不惧岁月的啃噬
月光弹奏
绵长的情思
醉吟着
晓风漫云的心潮

## 颤动的心律


候鸟追随着天空的温度
锦瑟琴弦在远方试音
屋檐下的云朵掏空了自己
接取暖风颤动的心律

一枚羽毛之上的泪滴
怎么也放不下
人世间的一颗纽扣
风在树干内雕琢木屋
柔情捧住了
雷电的细嫩芽

草尖摇曳着
日夜流转的音符
云朵陷落
一座世外的瑶池
弯月迷乱了
星子的追风魅影
诗和雪
在敞开心扉的花下
沉睡

## 一枚热泪的心海

风影一闪
触到了一大段空白
太阳从冥想中惊醒过来
时间的日记散尽了青涩
浪花在搓揉中塑造着自己

竹笛复活诗歌中的传说
海鸥振动羽翅
点亮了期盼
行云一秒
便跨越了脚下的宇宙

船舷不拒绝
流年的徐徐叩问
执着撞击着
一枚热泪的心海

阳光扫描沙滩上的足迹
微风一个转身
便回归到了童话里
一叶轻舟
犁开了动情的海面

## 一首诗的长度

薄雾闭上眼眸
月亮俯下身子
烟波呼唤天际的长风

云朵捧出重叠的时光
站立的星子
数着钟声
泪睫的花蕊
涤荡着世间的凡尘
将所有
写进了
一首诗的长度里

叶子从心脉
抬起月光
蹁跹的浪花
翻卷着光阴里的诗行

流星把脚步轻轻地放稳
月色紧紧牵住
千翠的凝滴
风云对影
抵达了诗句的最深处

## 响彻爱的浪潮

星辰把夜色拽向浪峰
梦里的旋涡在指尖上狂奔
清风俯贴在翻开的日记本里
青春的光泽落入了雨的眉心

尘埃还没来得及抛出空间
捉摸不透的故事让风急喘
在窗台转身的雨终于开口
从容耕耘的云朵从不担心缺角

梦从点到圆
荡开了芳香
跳动的脉搏渗出一片海洋
清风携着一枚树叶
摊开了自己
月光的纱羽写下了半阕婉约

雨滴抱紧扉页上的江南
一幅画
已在春天里皴染
采撷梦中的逸风和瑶云
一曲心音
响彻爱的浪潮

## 密语融入花叶的唇间

云缝里
夹着一页光阴
在收集
雨的滴滴逗点
树影拥吻一叶的斑驳
用心挽留着
风的依依写意

浪花淘洗着岁月的珍珠
春阳乘着草筏
荡漾情思
紫云蕴藏着飘雪的故事
行走的低吟
化作宣纸上的墨痕

密语融入花叶的唇间
倾洒着
无垠宇宙的眷恋

## 倾心填词

夜色摊开了一轮明月
枝丫在星光下
煮字
梦境闪动着半窗的云水
晚风解开了
红尘的疑问

时光提着长河
默默前行
树叶背负着风声
轻轻飘落
云摇弦月
彻夜长谈
温润的露珠
在倾心填词

卷尺收回走过的长巷
飞羽掠过江海的风涛
云絮悄悄织就
睡梦中滑动的丝绸

## 听雨

落雨弹指一挥
洞穿岁月的苍茫
青风盘旋闪现
翻开蒙尘的诗笺

春雷从屋檐下逃离
心事度不过
迢迢征途
琴瑟撑起倾注的流年
云朵在远方
飘动昨夜的梦

拈一枚蓝花
托蒂细听
临岸的沉默
被风吹断

尾羽把低垂的梦
推向极顶
凝固的音符
被一朵云打开
最后一个标点落纸前
深酌回甘的雨

## 以一个隐喻潜入了梦乡

明月宣泄时间的隐秘
星子依然怀揣着
唯一的词
灯盏被季节惊动
芯子坚持着
永远站立的姿势

红柳斜斜地截住
一缕风
枝头的云朵
化成一瓣香
风云相融的妩媚
以一个隐喻
潜入了梦乡

月影沿着温情的叶脉
寻找冰壶里
流转的圣洁
凝露倒悬岁月的翅膀
扇动起云海
狂澜的心跳

## 转角处的定然相遇

迷雾在城市的拐角处不愿迈步
云朵在一页纸的红尘里悄然坐化
飘雨选择向另一个方向逃窜
紫薇随风微微一抖
夜就沉了

树叶滑翔到对岸的泥土里
春色的诗停留在时光的眉梢
秋千上的词语轻柔地摇摆
流水绕月打了一个温馨的结

夜空的指尖深弹岁月的光芒
暖风捡起最后的一滴琴声
雨丝用力拽住沉陷中的桃花潭
惊云叩醒了文字里
一颗关闭的心

帘子里悬浮着难以抹去的轮廓
幽深的花影没有凋零的尽头
隐匿的灯光擦亮了漫游的星星
灼热的音符
在初夏的转角处
定然会相遇

## 风柔云欢

微风滑过
故事的细节
矜持着渗入记忆的深处
花蕊溢满
湛蓝的诗句
情韵陷入眷恋的波澜

流云倒叙着
谱写月光
细雨打开了
远足的行囊
星子在天际
数着春色
尘粒在塔尖
不可言状

复苏的花朵
一再撩开月光
有一款蓝
穿透了时间的厚度
每一个夜晚
都是风柔云欢

## 云朵闪烁

阳光嵌入一页信笺
剔尽了都市的尘嚣
云朵闪烁
牵念对影
化成了枫叶红

微风带走
一株忍冬花的守望
晨露交织的脚步声
不断扩张
一张古老的照片
割断了海边的平原
沉鱼的背脊
复述着水底的裂纹

阳光翻新
浪花里盛夏的情节
紫罗兰的记忆
开在了梦中

微风铺好了柔软的言语
水波的节奏
被春阳照亮

# 幻化在一絮墨香里

草尖注视着来自尘世的过往
被思索困住的烟圈流进时间
云朵在阁楼里
演绎着无数的形象
被本真净化的重生
穿透了视线

主题的变奏曲
缭绕于空中之路
一个缩影被镌刻在一座城池里
树梢的风给诗披上了
隐喻的外衣
一记钟声
幻化在一絮墨香里

轻舟把突兀的往事
轻轻覆盖
鸟鸣搬走了悬空的遥望

青草立在
一个时间的渡口
树叶望到
一条河流的尽头

## 红映心梦

弦月
挑捻一抹殷红
情长蘸满了
片片的心梦

力量单薄的浮云
掩映着岁月的俯视
穿越纵横的雨露
润泽三千池桃花

浑圆的诗句
原始的音符
被一束星光收起
毛笔上的红圈
晕染初开的情思

青风抖动意念的鞭
红袖轻揽楼兰的梦语
夜色褪去最后一丝光
一朵红
映照着
春天的萌动

## 点亮了尘愿

行走的文字
在时光中磨洗
一滴雨落在耳畔的撞击声中

琴声低回的泪湿了扶桑花
微风遁入更为冗长的留白
尘埃降落
融入返青的故事
无名草拨回了生命的时针

云波藏不住望海的晨曦
诗句迎风张开轻巧抓住了雨滴
梦中的呓语重新回到了水边

韵律暗和
不断闪烁的光阴
在雨中
轻移莲步是一种美
小小叶羽
无数次打开了蓝天
忽浅忽深的光芒
点亮了尘愿

## 写着烟波

歌谣打上了
绿色的休止符
青花云水
醉得比月色还深
松枝低眉
写着烟波
釉彩下描绘的小巷
退入了诗境里

岚烟
从堤岸伸向月光
芳菲的梦
重归词韵里

时光濡染青痕
衣袖挥起满楼的飘絮
弦音溯源
重叠着韵律
细柳凝眸与之共舞
回忆荡漾着碧波
枝上颤动的花蕊
吐纳着不息的情思

## 离不去的梦幻

晨露涌动着青草的风姿
足音追寻
离不去的梦幻
湖水温存着羞涩的光影
回声承载了
被浸湿的日记

春风执笔
描摹着蓝色的曲线
垂钓旧梦里
潜藏的鸟鸣
阳光聚敛于文字的背后
点燃了
古老故事里的沉香

云朵噙住带雨的桃花
岁月洇染酡红的春色
一枚红叶
旋转在时空的交点上

## 眷恋一种永恒的玫瑰红

脱水的梦想
避开了风的眼眸
留影里装不下一个小光点
雨滴伫立在原地
涤尽尘寰
厚叠的云雾里
绽放出了一枚红

岁月的齿轮穿街过巷
信中的浪花翻滚而来
箫声密闭在一瓣纯蓝里

蜿蜒的情感线
储藏着泪珠
千山万水
赶上春风的心跳

雨水流转在季节之外
守候着
年华凝固的私语
春风的情思
融入云朵
眷恋一种永恒的玫瑰红

# 绝不会半路退却

天空里
唯一不同的一角
增添了一些臆想的空间
希冀栖居在翅膀上面
花籽的尽头
便是绿原

诗行跟从飞羽
逐次升高
一棵蔓草
绝不会半路退却

露珠拥着
毫不空泛的透明
缓慢释放着
生命恒久的能量
清泉与心弦的雅音
相对而坐
鸟鸣从不窥视
时间的漏洞

## 随着风影一同上升

青风剥啄着
寓言里的结局
红柳注视着夜阑
潜入而行
叶子锁住了月光
强化着节奏

许多层次的绿波
折射行走
星子扣紧音符
咀嚼回味
过多的梦
随着风影一同上升

叶子衔着
尚未醒来的梦境
月色展开
荧光弥漫的记忆
时光穿过
风旋云转的心窗
星辰抚触到了
雪花的温暖

## 美好的归宿

薄雾浸入
夜归的心坎
簌然的风
站在云端上
浪潮交织着春天的前哨
激荡的速写
飞向晨星

月影
温存在素笺的边缘
诗韵裁剪出
满江的春色
记忆的花瓣滑过指缝间
梨花
坚持着深情的告白

云帆随着风的牵引
向下一刻的梦幻升腾
月亮的明眸
掀动了流年
绿水
弯进了美好的归宿

## 彤云碧水两依依

时光的经卷
在回味着尘世的温度
记忆的逆光
带着浅夏神奇的相遇

春风的走向
与河水的流向
相承一脉

青莲的恋语
人花相对两相知
春波的倒影
彤云碧水两依依

阳光的声音
荡漾爱情的传说
叶芽的伸展
倾诉生命的激情

# 雪羽

音符在苦苦找寻
那神秘的雪城
云朵的滴滴清泪
落在了素笺上
缱绻的叶影
回到了声音的末梢

尘埃拼命站在
昼夜的冷热之中
月光填满了
风的每一寸褶皱

云朵载起
时光的汨汨倒流
琴弦重返
轻划浅移的弧度
星辉从笔端
一点点淌下来

一城月色
覆盖叶脉的音阶
隐藏眷念的雪羽
极力奋飞

## 无解的尘世

夕影落笔于幽兰
进入半窗的南风
解雨

笛声在雨雾中
温柔缠绵
花朵绽放
《诗经》里的风景
蝴蝶叙说着
无解的尘世
婆娑流年
一路追赶着春潮

陌上炊烟
续存着风骨
波中水云
舞文弄墨
叶子轻摇夜的剪影

春风
潜行云海的最深处
一阕沉音
缭绕心头

# 夜湿莲

风,搅动潮湿
雨,斜落牵念
歌,过从甚密

云,淋雨跳舞
海,掂起疼痛
泪,六颗红豆

星,成群涌来
月,抚莲逐浪
心,梦中和弦

琴,音珠弹雪
爱,点燃晨光
夜,落进海里

## 相爱的絮语

尘埃裹住一串词语
星子遥望光圈之外
琴声返回落日的记忆

一枚春雨守住一幅画境
月光噙着远方的一片海
清风叩开深邃的一抹云

梦中的羽翎
飞向仄巷之上
云朵捂紧
手心里隐喻的词根
琴弦饱含着柔情
轻拢烟雨
叶子在呼吸之间
更新自己

南窗夜曲
漫上了弦月的边沿
星子在红尘里
不停地赶路
相爱的絮语
永不止息

## 心迹

风的脚步
踩出叠加的回响
一片叶子
切开浓缩的夜空

一枚花萼
接纳琥珀的俯冲
一缕蓝光
在星辰里投下心迹
月亮迂回
绕到了梦的背面
云朵滑落在
天海之间的缝隙里

雨丝努力回归
风的曲线
梦境渗入了
嫩叶的脉络里
一朵花瓣
随着星河漂来
半盏云海
临窗翻动着月色

## 温雪煮梦

风从翅膀底下
扇出了雨的句点
落叶从徘徊中
提取出雪的醒悟
岁月把归隐的尘土
卷起又放下
云朵坐在山腰上
看着河流走远

水雾把一段流年
捻得浑厚绵长
叶子倏然折回
独行的一程山水

微风捕捞着
时光的温度
把每一滴雨
都煮成了桃花梦
云的目光
牵回了每一朵浪花
倾听着河里
雪在燃烧的声音

## 雨的心跳

风在雨中
丝丝落地
路的尽头
遁入虚空

箫声穿透隐去的夕烟
流云为昨夜的梦续集
蓝色的曲调一路飞翔

飘雨的弧线碰到了一起
撷取的菁华掬入心尖
回首的舟影荡起诗句
微风把思念量了又量

一粒潮水
落进时光的深渊
一枚花瓣
勾画着倾世的红润
湖心的风和云
缭绕升腾
春天一定知道
雨的心跳

# 爱,因你而飞翔

琴声钓起
一地细碎的阳光
白云在天空找到了
几枚动词
草尖上的露珠
擦亮了黎明

划过梦海的云帆
守望着潮汐
白云用自己的羽翼
裹住了音律

青风铺开绿色的情思
露珠尝试着
新的腾跃
那双
舒展着爱的翅膀
比阳光更为闪亮耀眼

## 月色思语

月光蜷伏在
一曲夜色的边缘
清风踏入不眠的河流
雨的呓语渗入了春的梦里

光影划出
情思的波浪
星子坐在枝叶上小憩
飘坠的音符
藏入墨香
雨中的小草
在梦里缓缓抽芽

墨痕迷恋
笔尖的柔情
清风紧贴
浪花的朵朵心语
夜空垂下
细雨的蓝调
月色托起
眷恋的万层云潮

## 拥抱着阳光的凝望

小小的暖阳正在梦里追逐
厚厚的贝壳在海边安了家
露珠是清晨里最早的告白
含羞草迎着微风含了又开

云霞押着韵碰成了一首诗
绿波在临界点上画成圆
叶子拥抱着阳光的凝望
花的芬芳让梦更远更长

微风低头细数脚下的沙粒
涛声走不出那弯弯的牵念
晨曦衔着帆影在海上聚集
云外笛音穿透了远方的岁月

贝壳咬紧一朵浪花的音符
海风捎来一封含羞的云霞
太阳弯下腰把梦带在身边
花蕊的露珠装下了整个世界

# 一场花事的蔓延

云雾守候在
季节的纵深里
尘世等待着
一场花事的蔓延
细叶沿着风的方向
在斜飘

枝丫紧攥
诗意的天籁
雨滴踩着节点
叩开春色
煦风交融在水墨的画卷里
月光叠着云朵
浸没窗台

星子将生长过的尘世收拢
音符历经
烟雨的缭绕弹拨
羽翅挥洒
温暖馥郁的花语
水波吸纳
温润净蓝的诗行

## 红尘里的潮红

细雨润湿
一枚花瓣的渴望
梦的心
落在柔软的云里
月的唇
吻住时光的恩典

云朵在用不停步的恒心
走着路
笛音隐入了
时间深处的城池里
春韵的诗
在古梦里温柔地盛绽
颤动的蕊
在雨中锁住一种节奏

水波把依恋
推向月梢
星光紧倚着叶舟
云层蓄积花朵的梦呓
春风勾起了
潮红的情思

## 温习爱情

思绪被一缕清风
绣在水面
滑过的雨夜
还余留着温热
晨光用温柔的掌心
捧起了花蕾

流水把夜半的钟声吞咽下去
悠云重复着
昨天的缱绻细节

红尘坐在春阳里温习爱情
垂柳把私语寄存在碧池的深处
浪花点亮天穹的星灯

阳光落下来的声音
攫取了记忆
雨雾动用毕生的时光
轻盈展翅
约定的和弦
顺着河流遁入花海
彼此相守的眷念
长成了一棵相思树

## 不舍昼夜的挚爱

一朵落水的云
散佚在浓厚的雾林里
空中湿润滴翠的梦
落地而生
斑斓的叶影
蓄满了春色的留痕

记忆之羽
安抚时光的渊薮
小草摇曳着
复归奔腾的海浪
花瓣之唇
弥合着生命的裂缝

薄雾把人间的睡梦
引渡到云霄
微风敞开所有的心窗
捧出花蕊
红尘缭绕
深藏不息不止的眷恋
绿叶旋转
紧裹不舍昼夜的挚爱

## 不忘瑶池的那缕花香

风儿的故事
说着一圈一圈的波澜
阁楼的翘盼
渡着一轮一轮的月光

一扇门
隔着光阴写信
云朵缝着记忆的另一半
琴曲沉进去
再浸进去

夜色里月晕的仰望
叶子醒来
或者继续沉睡
不忘瑶池的那缕花香
飘雨悄悄种下了
那些声音

## 戛然而止的结局

指针轻微地在颤动
无法言说的前路
半空中
悬挂的一瞬定格
成了
戛然而止的结局

潇潇暮雨
一步一倾斜
蓝蝶把影子
晃得破碎

滴露啃噬着
越走越远的光斑
唤醒的音符
停留在每个枝头上

暮霭蘸着落晖
在幻想里深深描摹
苍穹一丝一毫地延伸着
缱绻身影

## 眷顾的墨香

柠檬黄的月轮
凌尘高蹈
丝绦的歌韵
不绝如缕
飘落的星子
抱起夜色

临风而吟的涛声
掂起眷恋
云中丹墨的回忆
洒满一地

晚风提着星灯
行走于诗海之中
悠然的舟子
写尽水之绵
诗画的月色
坐在思之源

## 夜半沉浮梦

青衫总是
夜半湿透
一滴雨
顺着树叶滑落
月色
慵懒地在水中流淌
最喜欢的韵律
则是在弦曲的最后

复返时光之链的
温柔一环
摆渡的长调
渲染着岸边的芦花
星辰唱响了
隐在尘雾里的歌

飞翔的鱼儿
掠过风笛的浅吟
月光依守
春园里的旷世柔情

## 醉染一瓣玫红

云朵拥抱着昨夜梦回的星光
微风攀爬过时光打滑的印痕
溢满私语的溪流
在拐弯处醒来
弧形的琴声
镶嵌在每一寸窗口

盈盈芳华
触摸着清风的方向
苦苦追寻
天亮时划过的流星
跳跃的露珠
完成诗性的升腾
鸥影潜入漩涡
打捞着沉落的吻

微风在浪花的背后
画满雨声
酽酽云霞
醉染着一瓣玫红
眷恋的心音
沿着窗边入梦来

## 一扇暗门

云朵小心翼翼地奔跑
害怕弄丢温柔的风
红尘的波纹
含着雨
盈润心中的那朵并蒂莲

最初的笛音
浸入最蓝的深海
素笺展开云中
一扇暗门

玫瑰花蕊
在画中慢慢变红
爱与被爱
描绘着翻倍的美好
风卷云莲
柔化永生花
相守相惜
掀起了翻滚的情潮

## 今生唯一的心云

一颗流星落进敞开的窗子里
潮音找到了长巷里的灯光
时间退隐成丝丝缕缕的沉香

小城的风从远方飘来
匍匐的记忆与悠云
做着同一个梦
流年放逐草尖的夜色

亘古的光华
映照着柔波的温情
星子动身
扛起了墨斗和诗囊
遥迢的薄雾
漫上相思的柳眉
云端的红豆
滑开了紧闭的城门

月光淌过千年
春风勾勒着
今生唯一的心云

## 一枚日不落

枝头那一朵覆云的红
独拥着一盏灯的余温
叶子摇醒窗外的辰星
微风把梦圈进了河谷

花朵泅过河的对岸
碧波在雨中读着雨
《诗经》漾起古韵涟漪
固守一卷水墨江南

岁月的惊鸿飞入梦影
衔起一枚永恒的水珠
挂在天空之外的天上
让爱的太阳永不落下

## 云水倾心

悠悠云梦
挽住了星月
潺潺流水
拂了又满
柔软光影
一念飞扬

一页时光
翻过半掩的小窗
一枚星子
轻弹柳色的琴弦

时间的长须
不断向上攀爬
一滴雨浸润了
岁月的噬痕
相思的流萤
一夜一夜滑过

纯露云水
相约相生
粉蝶飞向倾心的轮回

## 独行

没有钟表嘀嗒的暮色
绿风寂然地独行
时光没有告诉我
它要流向哪里

匍匐又飘忽的云朵
只是看着我
屏住呼吸的邈远影子
缭绕着窗台的那束干花

没有尘埃的半空
我是否身处其中
透明的清波
没有去阻隔光明

翎羽掠过抬头张望的我
贪恋黄昏的生灵
静候第一滴
滴翠

## 眷思深处

越捻越长的思绪
漫过了隐隐的海潮
城门眺望的清风
剥落了层层的时光

夜晚的声音
在汪洋中辗转
杨柳岸的月色
爬到霓虹灯上
一滴与年轮摩擦而来的水
注定了它不仅仅是一滴水

云影慢慢咀嚼着
一首诗的长度
波纹扶着漂浮的叶子
在行走

晚风织着城之远郊的小径
绣上盛世借来的活色生香
潜于河中
忽高忽低的倒影
封锁不了
生生不息的眷思

## 衔回红柳枝

眉心的思念
摊开了鸥鹭流云
一遍又一遍
时隐时现时续
临湖的窗子
抓一把风取暖
最后一抹云
飘向了莲荷的湖心

细碎的小雨滴出几朵清音
时光的脚步在柳树下回荡
翠绿的伞撑起无尽的眷恋
又柔又稠的情愫渗入诗心

半缕云烟
缭绕九曲回桥
守望转角处的几声风起

鸥鹭斜着翅膀衔回红柳枝
惊起一层艳似一层的鳞波
窗上的梦影回到那个夏天
粉莲盈盈的笑眸似曾相识

## 不离不弃的心河

柔软的思念
覆满五十二弦
远天的霞光
撩起一副娇颜

飘坠的音符
泊进褐色的摇篮
清风的笔端
顿时勾勒出一框
抒情的画面

枝梢的声声鸟啼
回荡着
遥望无言的双眸
初绽的红蕊
随风蹁跹
生生不息的弦音
芬芳迷人的瑶池
注入了
不离不弃的心河

## 飞花点点

飞花点点
遁入隐秘之门
深埋已久的童话
瞬间盛绽的诗句
托亮了夕阳的余晖

思念的水痕
悄悄地钻进那愈来愈密的梦境
轻风藏起
一树红果的叶子

云朵镌写着
单纯洁白的文字
光影恍惚跳过一些章节
岁月亦巧亦拙地
逐字反刍
让熙熙攘攘的尘世
波澜暗涌

斜阳把满页的墨香
延伸为绝句
红果子的一个趔趄
泛起了暖风柔云的情潮

## 拥抱一朵安暖

时光的擦痕
附在草叶的露珠里
往事的情节
漫出斑斓的暖色
桥旁的水磨
越过滚滚的红尘

清风沿着小窗
打开了弧度
窗前的一片叶子
屏住呼吸
白云飘回的
不仅是初始的波浪
阳光拥抱一朵
日子之外的安暖

不管昨夜的那一场雨
从何时开始飞舞
只要还有一束柔和
在窗外绽放
就没有理由不相信
溢在手心里的暖

## 浪潮等待再一次的涌动

春风找到了一条雨巷
时光如同穿过窗口
云朵写了一封长长的信
水墨习惯于铺展的思恋

雨絮醉染
一池诗色
此刻的月光在回想
叠影下翻开枫红的扉页
十二首曲子
恰好漫了过来

音律弹着千万次的暖意
浪潮等待再一次的涌动

繁星回到卷起的信中
痴情蕴于那年的午后阳光
明月的飞羽
风连雨起
云海在滚烫中擦出了火苗

## 贞爱的世世永恒

清影在一缕风中
悄然幻化
云水浮上的红尘
花香簇拥着
春的初心

高处的箫声
雨中飞燕
光阴恋之
涟漪深记着
满树的醉梦月色

每次在雪峰
叶子含吮着甘露
一望无尽
泛动的声声长啸
即将一同沉没

思情仿佛一直在那里
当清风登临绝顶
想到来不及
云朵依然坚持
贞爱的世世永恒

## 绣上一只蝴蝶

一笔笔厚实的油彩
一直心心念念
想用一种声音来重叠
那一片原野和碧湖
已酿好了生命的起伏

微风在时光的渡口
绣上一只蝴蝶

深远的翠谷
怀揣着阳光
映照着眷恋
渲染的绵云
紧贴在辗转的岁月里
柔情的流水
用声音诠释了奥秘

花瓣融化了季节
情思渗入涤荡的红尘
蝶羽聚拢绿色的音符
轻吟柔唱的歌
醉了日月星辰
醉了生命的驿站

## 化成爱的心语

半弦月的梦
醒了又睡
追逐的晚风
从凌晨开始出发
小巷的竖琴
在窗前听雨
花蕾把昨天的故事
盛满

与月亮挨得最近的一颗雨
含着想念
翘望最远的远方
星子碰触梦境深处的玫红
绽开一朵
水润的诗意

琴声在一个临界点
拉开了音帘
风云相依携手
化成爱的心语
星月倚窗
讲述着永续的故事

## 任何祈望都不会太迟

一枚晨露
撑起远处渐退的山坡
幻觉之外
满杯的风
从水中涌起

时间的过去
温柔啄穿夜晚的壳
久远的律调
仿佛在追赶着什么

太阳兜着
四溢的芳香之纯梦
云朵细数着
光和影覆叠的格子

诗行延绵
温暖翌日
任何祈望都不会太迟

## 清风把波纹剪出一朵红

一支画笔
洇染蓝天的心月
慢移过来的树影
返回时光

滑动的日子
闪烁在卷帙之中
碧涛融入
子夜最纯粹的颜色
思念牵引一只惊鸿
拓印水面

前路的记忆
数着对岸的灯火
繁星穿过碧波
守候着诺言
次第诉说着光阴的彩色雨
润养梦里
不愿落下的桃花

蓝色月光在花瓣间婆娑
清风把波纹剪出一朵红
保存着
永恒的真爱芳香

## 恋雨酥酥

一束银光
飞驰在草海之上
清风拾笔
提炼文字的芬芳
天空中洒下的每一滴雨
踩着音节
落在情韵的绿墨里

花蕾缠绕着柔风
迎接酥酥雨化

叶子深深蘸取
过往的本色
新枝托起
一枚羽翅的弧线

碧波的余光
藏着另一边天空
云朵在为风的深情
而驻足

# 靠近风中的第一记长笛

云朵不忍挪开脚步
微风的诗行
掠过红花
窗前凝露投出去的目光
每一秒
都比时间跑得更快

蓝色的思念
长出无数条鲸须
溅起的水花
挂满夏天的乐谱

记忆贴着阳光
从云层里钻出来
一阵一阵的风撞在海岸上
握紧的时间
不经意相继裂开
零落的水草
再次跃空飞翔

云朵在黄昏的前一步
靠近风中的第一记长笛

## 动情处的一轮弦月

一粒星光
给了飞萤
一片灿烂的憧憬
月光一点一点地打开
羽翼的洁与白

微风细数云水的吟哦
动情处的一轮弦月
蕴蓄着那朵
开花的雪莲

荧光在月色的段落里
把所有的故事
深深读透
涟漪漾起的层层夜语
都被每一朵雪莲
浓情洇染

# 让诗句造出另一个世界

花蕊柔滑的声音
叩开了
清风堆叠起来的黎明
叶子刮来的光阴
翻动着眼前的书卷
使其一路在纷飞

时间听见窗台上
深陷的阳光在轻挪步履
倚在湖畔的梦影
一不留神便生长出
温暖有力的翅膀

晨露没走过的路
是朵朵花语酝酿而成的
茂密远方
提笔漫游的弦音
准备一个划动的瞬间
让诗句造出
另一个世界

## 爱恋的点睛之笔

一叠故事
渗出云影深处的幽蓝
移步换景中的情节
描摹着清风的律动

一粒粒文字
逐波荡漾诗意的独白
无法忽略的艳红
是爱恋的点睛之笔

一豆飘摇的亮光
回旋在心海里谱曲
沉下去的月亮
还在梦中回忆着
粉蝶的翩然

一滴绿色新雨
眷恋时光安暖的笔迹
书卷的奇缘
芬芳的恋语
共绘着永恒的圆心

## 千朵潮音，万花齐放

空中划过的笛音
沿河携相思
熟悉的小巷
转身抵达画面之中
悄然覆叠了
烟雨无法割舍的留恋

小水滴贴住花香
融入掌心
诗笔的绿意
缠绕交织着唯美的线条
涓流轻启柔唇
为阳光润泽金辉

岁月拈花的指尖
轻弹琴弦
跃动的旋律
托起云端的一层层诗情
杨柳隐入水里
荡开了千朵潮音
煦风深情凝醉
万花齐放

## 向往着醉世的爱情

溪水穿过繁花
含情顾盼的清风
在天穹留下了一道隐喻

阳光丰盈叶脉
掠影紧衔丝丝的眷恋
波纹裹住的那一枚星星
用翠笛珍藏着最亮的光

窗前葱绿的短句
在一片风荷上凝结
滴落的荷香
描绘出水墨相融的故事

季节流动的声音
悄悄滑过素笺的边缘
羽翅之上的蔚蓝
在暖阳的爱抚下
向往着醉世的爱情

## 紫兰含情

紫色的罗兰读懂隐藏的波澜
一缕长风
一次又一次回望
合拢的雾席卷着魅影
流水轻弹
时光的一声声心跳

素云的渴盼沿袭于诗上
一页一页
试着走进朦胧花园
虚掩的门写着未来
漫天飞絮飘扬尘世的寂静

枝叶挪不走悬空的翘望
一步一步
走成时间的传说
张开的翅膀守住了辽远
潮声的私语涌起爱恋之情

风中竖琴的音调
穿透夜纱
相嵌的紫兰融化云心
跌宕的回声
充满了依恋的月亮湖

## 把一阕词写成了千千念

红尘又见渡口
一片星雨
溅落在深夜
浓墨的开头
风过芦苇
荡起徘徊的词汇

波光抬眸
碰触夜空中的小诗
掌灯的星子
折一枝柳条
拨亮了月色

灯火阑珊处的执念
融化睫毛上
清冷的泪滴
转山转水的云影
把一阕词写成了千千念

## 月亮的时进时退

花瓣的馨香
牵动着日月的童话
复述的清梦
采撷云朵画着光阴
流水偏执于往日的回声
星辰泊入了一阕阕诗词里

时光在微风的揣度中慢慢翻卷
飘雨无端陷入了另一片悄声中
叶子携着插入语
凝烟还来不及听完一个故事

记忆的灯盏
站在风中点燃月色
南窗上的露珠
往夜的更深处滑落
二胡的收弓
颤抖了整条雨巷

诗行攀到风的尖翼上
寻找飞翔的羽毛
月亮在云彩里
时进时退

## 花满城，恋无尽

重叠的回忆
缝补树的年轮
云朵内的花蕊铺满泽国
入梦的月光香
不停地颤动
星影在涟漪里越陷越深

叶脉行走在
六笔连成的城墙上
重返人间的路
弧度蜿蜒

深梦的舟子
描摹着流水的树影
风弦的和鸣
拾起独特的时间音符
醉意不浅的月光
撷取满城花香
时光圈住的星云
衍生着无尽的牵恋

## 心缘找到靠岸的去处

季风的故事落入清梦里
流云敛眸
走不出飘叶的辽阔

繁尘按捺住几世寂寞
星辰捧着书卷
回到初遇时的荷塘
莲灯把夜的心事
润泽成诗

心缘找到靠岸的去处
飘走的云烟
记起那场刻骨的爱恋
月光不用展翅就能飞翔
触摸岁月的风不是无色的

花落，色不落
思断，念不断
丹青付出终生的守候
墨迹未干的星月
对影伏笔
雨落初心
滴成了一枚莲子香

## 默然思念入君心

溪水温情
君记怀
古风在蓝色的梦境里
信笔写来
时光的飘絮
旋即垂首
落地生根的星子
轻解红尘

风笛截留几盏萤火
帘外飞月隐不去渴盼的目光
夜色寻求深海的起点
流云写尽情字的回澜

枝叶展开心跳的田园诗
暗香染红了
梦里的桃源神话

怀春的新花敞开至美的画面
遥望日月流转的容颜
柔风弹奏着永伴佳人的曲调
云水低眉
默然思念入君心

## 晓梦私语

回首的尘寰
算尽浮生局
绿竹续一段风月云雨
红蕊复启
故事的第一页

轻纱灵弦
穿过雕花楼
青舟代笔
雾里泛着问词
翎羽翩然
引来万枝桃
细雨的转身
已是几个年轮

飘叶借来
晓梦私语
守诺思情
恋风应允眷念
晕红了亘古的诗笺

# 留一首诗

涟漪在一个意念中把未来读透
光阴把一言不发归还于字典
微风把天空放进一朵云里
城池的日升日落都留着一首诗

叶子将一生的行走
收揽于怀
烟雨紧锁在
古韵的册页中

手心的月华
描绘迸落的回忆
轻尘的剪影
在星雨中逐渐泅化

灯塔无言的瞳孔
射出遥望的光芒
清风执一把爱悦之情
酝酿成最大的诗海
云朵拥抱阳光的一刹那
花蕾饱含的雨露
霎时盈满了春心

## 夜晚大多是用来回归

梦里的小溪
在寻找久远的记忆
月色透下来的那滴雨
不用提醒
也能闻见夜空的花香

走过小桥的清风
向温暖的窗户靠拢
安详柔滑的曲韵像一枚羽毛
重叠在城池的一隅

乘坐小船的那朵云
把一万年的光阴
浓缩成一颗星子
夜晚大多是用来回归
其他的一切
都与之相反

梦的深处有着不变的内涵
对望里的一凝眸
便没有了一丝距离
月光沿着暖融的溪流
把依恋慢啜细品

## 暮色的细语

时光从指尖上酝酿出浪花
站在午后的清风
摇响夕阳
掠影把云朵嵌入一幅水墨画
眷思的诗行
打捞着灵闪的波光

画笔的滴墨
暮色的细语
花蕊动情回眸处的风之韵
流水心生思念
一步走到今天

水雾柔薄
似乎可以承载万物
斜晖借着水色
旋入光阴的深处

托举着远天的光影
忍不住翻动画卷
满湖的夏花
努力地要把黄昏背回家

## 至真至纯的温暖港湾

一滴雨被更多的雨覆叠
微风抓紧闪过的云影
含情的嫣红浸染相思的词

落叶绘出
一条河堤的画廊
相连的牵念
凝聚雨的柔情
安静的文字
守护着梦的安宁

星子望着荡漾的时光
清香的粉窗依然开启着
弦月在小径上来回地吟诗
试图在雨缝中
再填入一首词

流淌的音符
潜入夜的心池
云水深处
等待雨的回声
花蕊寻到了
至真至纯的温暖港湾

# 一个永远迷人的主题

路上的纷飞歌谣
如一的韵律写在微风里
夏天充盈梦的水乡
一朵古色古香开在云端

望江楼扬起的青丝
心绪绣成了涌动的山水长卷
翠雨阅尽不老的传说
书墨回响天籁之音

花红的相知爱恋
穿越日月流转的光阴
光影打开一个永远迷人的主题
草叶的故事已被思念占据

清波深藏于抵达的瞬间
夜色收下星辰的文字
云海弥漫的温暖
眷恋着暖风所有的归程

## 微语煮诗

五月的故事
洒下今天的旋律
清风将绿色投给季节
云朵镌写的每个字
绕成了一个缘

波纹从万缕千丝中迂回
慢下的时间
让心有了更多的期许
雨声喊醒自由的梦
光影站在当空迈开了脚步

春华又见碧荷生香
听夏蝉
每一个音符都是流动的诗情
轻揣一湖山水在心间
飘扬着雨来时的城与红尘

雨滴尽藏两个天空的静谧
云朵守着穿庭的柔风
指尖拾捡流过时空的姹紫嫣红
微语煮诗
润泽四海逐梦的浪花

## 另外一种更好的飞翔

水波在眷恋中融合
枝梢的光阴
离白云越来越近
默然收拢起翅膀的微风
是要寻找另外一种
更好的飞翔

一滴新意的笔墨
拓来世外的豪情
飘雨点了点
顿时万紫千红

绿叶借着大片的留白
化作云天
煦风描绘春色的水墨意境
光影望见白天的月亮
河流在背后
扬起鱼儿打水的声音

蓝空的云朵渡入心海
史诗潜入不言而喻的花蕊
牵长阳光的那棵六叶树
确是凌空飞翔的依恋翅膀

## 独宠一树月华

无尽的情思在光阴中流转
微风拉开玫红的序幕
一朵白云裁下波纹
剪出的清音柔软了月色

一滴夜墨在素笺上洇化
梦韵绵延蓝海的恋词
记忆在湿霭中编织着温情
童话牵引弦月的心语

星光汇成一汪神秘的碧潭
绿雨继续在时光之上
独宠一树月华

月影荡起满袖的红尘曲
一席文字之外的音律
在手心的分秒里润成繁花

## 白首不分离的场景

夏天的林荫
描绘流年的回响
云朵追赶着
波涛的私语
季风找到了一串
蓝色的情愫
叶子印记着
与念想相符的情节

波光叠着停靠的柔情
琴弦聚集的记忆
已足够回味
别样的恋花蝶
夜夜飞扬醉舞

溅起的尘星
融入天穹的云端
花蕾的颤动
都是风的心律
河岸的烟柳
渲染浓情的诗意
暖阳一次次把云朵带入
白首不分离的场景中

## 夜雨的唇印

古今的梦呓
蕴藏在一朵嫣红里
柔润的依恋守住月河
夜色周旋在
诗墨叶影的边缘

水声化成弹响的文字
触及一切的风
响起思念的回音
星辰的缓慢之潮
早已开始

湿漉漉的夏夜
从笔端滴淌下来
波纹随着弧度
返程

恋词携着温暖的梦
奔向远方
月色缠绵融化
夜雨的唇印
依窗的云含着笛音
蓝海的眷爱泅红了相思豆

## 温暖春色隐藏于文字之中

牵念在缱绻的雨中旋转
坠落于苍穹之上的记忆让云朵着迷
清风在为某一个时辰画着句点

心跳的浪花
填补命运的空白
飞舞的叠影
撷取高悬的私语
溪涧的琴声
倾情于玫红的梦境

不愿消逝的涟漪
翻开一卷传说
碧翠的双叶
跃上云端
时光深处的眷爱划开天幕
雨滴拣拾着散落在人间的音符

温暖春色隐藏于文字之中
清风逆流而上寻找到了诗源
阁顶悄然接住一朵湿云
心海的花浪滔天
深知雨的爱意

## 爱恋的一触即发

临窗的微风
不停地磨着时光
花蕾的绽放
是爱恋的一触即发

晚风的独语
弹入月光的小径
翻过记忆的云影
充盈着城池的深眸
栖落的叶子
忽然又不知疲倦地飞起
清波听见了
远方演奏的恋曲

最初的一滴诗韵
遁入颤抖的花瓣
飘絮渴盼着那朵温润的嫣红
芬芳的诗画
顷刻间有高山也有流水

暗香总要摘下几串沉醉的云
涉水而过的古梦敲出一种韵律
蕴含眷爱思语的风要开始动笔了

## 一滴雨再一次写到夏天

找寻的秘密依然卧在云霄
雨中的扬琴险些滑倒
涌动的薄雾
撞醒晦冥的曲调

扇动的翅膀
回迁泉水之城
一滴雨再一次写到夏天
花儿沿着河岸
震颤的叶子
复弹古典的婉约

诗韵洒落的和声
涤荡着尘封的日子
流过半空的季节
不知所措
风的另一端
翻卷着漫无边际的思潮

## 不惧迢迢之遥

花朵复瓣的安暖
融合了深含清露的月色
时光依然无遮无拦
眷恋的文字不倦地旋转

微风翻阅满湖的莲影
流云抖落成一个个句点
笛音将嫣红诱入梦境
羽上的诗情
不惧迢迢之遥

时间的回潮牵引着蓝天
一枚绿叶的故事斜坐在海边
泅化的心语晃动翘望

思绪沿着丝弦滑过碧水青山
娴熟的隐喻把眷爱润泽
墨香镌写着此生的坚贞不渝

## 守诺的心

醒着的城池
柔软的雨花仰望眷念的繁星
沉入水底的风
衔着弦月
留下诗笔的画痕

深梦掠过旷世
潜流谱写着
爱恋的永不停息
情诗抵达红蕊深处

六弦琴拨弹重叠的夜色
波动的音韵漫卷思念
寻雨的一湖诗意
弥漫在季节最初的扉页

记忆从月色滴渗而出
花香于窗前种下一朵梦
挚爱永恒
需要有一颗守诺的心去完成

## 一深再深的夜

滔滔的喧嚣
探出时光之外
云的沿途都被河风收容
滴露努力地把夜色融入掌心

星子从天海里
寻出一行行诗词
垂柳缠绵着牵恋的韵律
波纹让沉醉的月光
一深再深

心音伸展描摹着
正在进行时的生动
絮语蕴含着
刚刚开放的红晕

河流透视着垂落的星空
漾起的月色
成了永生的花海

## 红尘之水

琴瑟洇染着红尘之水
音符还来不及打开窗户
清风试图掀起一首古典诗词
白云流过无尽的涧谷

波影向着花开源源赶来
一滴雨回到了心海
翎羽滑过小令
一笔挥就浓墨和重彩

露珠跳出素笺
独白挣不脱光阴的牵引
眷恋的游丝托举一泓暖色
暗香闯入诗涛

倾心的雨
依窗而望
弹拨的云朵
深藏风的玄秘
激荡的浪花
渐次飞高再飞高

# 星子究竟沉落在哪一页

清泉徘徊于飞翔的梦
写意的蓝风
隐在夜里
云朵留着月光在怀
星子究竟沉落在哪一页

细雨总喜欢
剪出一些诗句
沿梦的箫声
流连在
时光的青巷里
上演的故事
不愿走出枕水楼阁

收拢的暖风
触弹云水恋曲
音律安抚着尘世
心池溢涌的
都是春的月色

## 深含一枚羞涩的词

微风一心只想
抓住眷恋的水波
抢眼的那朵云
深含一枚羞涩的词

排开的长思省略号
让天空成为更深的深处
翎羽的蓝色
撑起倒退的光晕

私语抱紧了时令
暗藏着不息的情怀
漾起的温暖心跳
抚慰一路繁尘

那芦苇荡的不舍
风儿送来墨香
远古的鱼
打湿了水花
云朵圈着夙夜的心愿

## 还原那瑶琴的风韵

一曲漾了又漾的渔歌
垂钓丰盈的夕阳
湿润的风
系着淙淙流水
悠云以简笔
画了画万里的江山

光影抖落昨日的雨水
丁香姑娘漫步在油纸伞上
红烛借了一抹柔美
还原那瑶琴的风韵

《诗经》走过的小巷
婆娑的飘絮依然含在眼眸里
贴在云间的粉蝶
传递着无尽的天籁之爱

炊烟沉进尘世蓝蓝的梦
偌大的时光藏在那滴水里
音符用原始的奔跑
赶往高山流水的旖旎春色

# 尘世里忠贞的美

清风引着云朵
纷扬入诗
踮脚的星辰
抚摸盛绽的蓝

一滴滴音韵
再次被拉长
眷爱的一池红果
滑进月影

别样的情思
酿出密集的字迹
凌风的每一道雨丝
都势不可当

闯入梦里的麦穗
驮运着牵念
尘世里忠贞的美
从未轻描淡写
恒久的眷恋
把共守的光阴
嵌入了那朵蓝

# 游于书香的水色

清晨流淌着深梦的复苏
酥酥的记忆
等着羽笔的轻画
靠海的窗口写下云端的浪花
漫无边际的季风
执于一念

特有的琴瑟和鸣
相伴徐行
红尘的一枚果
试着打探时光的长短
浑圆的恋曲
洒满不舍的渴盼

诗词游于书香的水色
相思在浩荡里
沾满了一树阳光

## 月光之水

小提琴沿着星辰拨动时光
月光之水滑入风中
倾斜的灯火
不再隐藏夜色
含梦的云湿润着过往

诗扉留恋着一次次云起
垂落的雨絮
瞬间充满了音韵
簌簌安宁
细饮一窗桃香

飘飞的情思
嵌入风的方向
故事的呢喃细语
繁星漾成两枚相依的逗点
蓝羽能读透
这无穷的远方

深海的琴声翻开诗卷
安暖的光阴
握住夏的圣莲
点亮永恒的月光

## 爱的方向从此未改变

樱桃树
一直在看着云
月色的南风
离得很近
雨水藏着
眼前的颤动

花开的故事
往深处涌
叶影和月亮一样狂野
相连的光阴
无法静止
古巷飞过入世的红梦

画海的音符
一对翅膀
敲窗的暖词
洒满两岸
爱的方向从此未改变

## 情深的记忆夹进那一页

时光覆满云水
有船正逆流而上
一条江被寻找被铭记
清风把依恋
放在必经的地方

一滴雨一见倾心
爱上了人间
渔歌诗意地粘融在一起
花朵赶趟儿地盛开
近水的雾霭
开始点墨作画

光影在诗卷的一端静立
情深的记忆夹进那一页
季节回到了最初的转动

一抹蓝
惊诧于年华的深浅
船舷的回音不停
眷爱深藏于江河的激荡中

## 遇见唯一

微风还在续写
溪流已抵达过往的原点
飘云里的古诗
叠加着雨滴
轻柔拾捡起红叶

恋曲里的星子
扬起又落下
暖色勾勒着
一长溜的浪花

风铃开满河谷
探春的月光流入心窗
遇见唯一
花蒂悄然想了大半夜

诗与梦泊在天际
暗香惊动雨音
听风的恋云
万千片

## 侠骨柔肠的一抹红

云水的梦幻嫣然
一滴雨露守望着黎明
无法言说的深度
依稀看到更多的河流

记住一朵浪花
回到天人合一的画卷
辨认每一束风
掬起侠骨柔肠的一抹红

仿若恋花之蝶
萌动着日夜无休的牵念
连亘长河的歌谣
珍存着月色里阳光的温暖

## 共写今生的不舍与不弃

时光涨满心潮
清风悄悄酝酿着花蕊
云影唤醒一扇窗
飘雨飞回渴盼的蓝天

涟漪叠加温情
弦音融进倾城的水色
小舟推向极致
深彻的牵念一直在荡漾

安暖洒落河岸
一枚江南的叶子有了归宿
季节备好长句
古铃饱尝梦里的芳香

羽翅扇起诗韵
恋语反复旋绕着窗口
雨润眷爱的合瓣花
共写今生的不舍与不弃

## 簇拥那束射透心底的暖光

流动的风,滑入诗卷
聆听最深情的一枚花开
湖水的夜色,弹着竖琴
期待指尖的时间放慢

云朵贴着音韵坐下来
谱写一大段的告白
墨香敲动心扉的月华
漾起唯一而重复的眷恋

回忆游回熟悉的画里
濡润飞鸟的梦痕
草叶不会停下向上的执着
继续探寻着越来越亮的星辰

柔风满含弦月的嫣红
追逐着无边无尽的旋律
碧波映着一朵朵相思
簇拥那束射透心底的暖光

## 美好得如同第一句情话

当云影掠过时光的词韵
只要有一缕风
带着阳光勇敢地浸入
恋海就会深不见底

掀开天空的一刹那
写满诗的碧水和花蕊
叠句飞去又飞回
终其一生
依依不舍

在每一滴水里化成蝶
真实地守住一朵花
春天的声音继续弥漫

风中坚持的温暖
美好得如同第一句情话
注定有一种缘
随着云海花开
刻骨入心

## 守在云端的那枚雨

水声落入手心里的花瓣
御风而来的文字
就在那扇窗口的雨帘中
收获取之不尽的灵感

云朵里的蓝海,漾着心动
相依相惜
每一滴情墨
琴弦上的翩然飞絮
在柳下泅成潺潺的月华

一遍又一遍
醉染花香
思韵融入
满窗红妍
一直守在云端的那枚雨
护着暖风托起的梦羽

## 生死相连的无悔山海

一曲云水
开出莲朵
笔端的流淌
绝无仅有
读懂的故事合拢着时光

瑶池的妩媚
痴痴如初
暖阳在碧波中荡漾诗韵

深浓的词
悉数心澜
飞絮藏不住
想要飞翔的嫣红
逆光的曲调
迸溅依恋的浪花

绵云弥漫着
无法停止的缱绻
爱,被谁等了千万年
长天写下
生死相连的无悔山海

## 琴声撑起想要的天空

颤动的光阴
凝成云朵
向前慢走或奔跑
剥开一个飘洒的早晨
眷恋从飞花里穿透

翩然诗句里的春色
琴声撑起想要的天空
湖水温柔滑入细节
光影点点对着雨露

翻出夹在扉页里的相思
对岸的桃花三千
从心里返回

丹青云梦昼夜蕴情
风悄悄吹入花蕊
守望着那一枚熟悉的暖阳
诗词融合腾涌
化成了爱的永恒

## 一滩鹭鸟独占一江秋

梦里的桃雨
阅尽帆影
溪边的红香
想起一首诗
月光守住
白鹿饮水的柔痕
纯净的心灵
于此回归

一滩鹭鸟独占一江秋
唯一腾飞的是
那枚心叶

倾听九月缓缓流淌
风中的站立
是一种存在
诗的意境是爱恋的柔韧
星子彻夜辗转
让心跳得厉害

## 呈现了独立于世的翠绿

坐在石头上听着石头
城墙铅字伸出手掌
将秘籍搁于船上
一扇石门分开了
两个柔软的世界

天空割裂血脉
扭曲的欲望对抗
含着凉薄的唇齿
横跨在迷雾的水域之上
遥遥无期的等待
血色在十二个月的门帘下
生根发芽开花结果

万物翛然
当大地分娩第一缕朝霞
深藏千尺万丈的爱
在胸膛缓慢地开启
呈现了独立于世的翠绿

## 滋润梦的一窗眷爱

窗子是一种比喻
故事被那条小巷迷住了
一张照片饱含着
痴恋
笛音的脉搏在加快

丛林变深了
优美的夜纱像在唱歌
海洋漫过光影的日记本
韵律是巴洛克式的飞扬

花瓣陡然间
就在舞池里
云月潜行
初夏的那一枚飘雪
星絮，愿是光芒的执着
诗羽倾情
滋润梦的一窗眷爱

## 一河柔情写入心语

一河柔情写入心语
滴答的小雨
润湿飞流

红尘忆怀
玉兰同望
轩窗描摹清秋
扇外流云入梦
再重游

私语穿过光阴
花间行舟
莲灯一挑
星海飘
盏盏安暖为此情
染枫红

月华如许
牵引今生的爱恋
长风萦绕指尖
吻墨香
共长相厮守

# 入梦不知归

笛音洒入满江的情长
一笔熏风
驻足水中画
深闺中的花蕊
偏爱玫红的诗色
漫卷梦回
赋一心所往

弦上的涟漪
刻写月华
情丝的飞絮
守着今生的痴缠

入梦不知归
倚窗新叶
亦如水

邀引天上的星子
怀情执笔
初秋如玉
长梦描绘一卷
镶嵌的风云明月

## 盼望风儿来寻

落下的云絮
盼望风儿来寻
流淌的诗韵湿润暖色
振翅的心
再次开启

念想天际一枚古词
化蝶的叶子翻过一页
船曲萦绕时光

心梦的回音
听见一朵浪
融合另一朵浪

花瓣滑入蓝色的月亮
惊醒蝶羽上的云朵
风儿撼动一扇窗
倾心的爱恋
瞬间漫涌云海

## 樱花恋雨

斜晖扬起一声笛音
穿过那时的樱花漫影
清风滴落了时光的回望

流云卷起一页页红尘
单纯地融入一枚雨
音符把落日悄然拉长

无尽的缱绻紧倚心岸
每片叶子都在颤颤地动着
一抹暖意投射过来
雾的轻丝升腾着散去

云帆吁出满天的粉色
花语跃动的不只是馥郁
柔光将眷爱镌进诗笺
韵律晕开朵朵樱花恋雨

## 痴念雨巷的丁香

点化一滴水
带来一场雨的恋语
风声不休不眠
滋润天际的唯一

一朵奇卉
盛满最后一许心愿
这次的雨色很浓
温暖着云水的诗行

芳菲跃上浪潮
箫音托起永恒的相伴
光影画着灼灼其华
痴念雨巷的丁香

翎羽令天空变得更高
清风徐徐,爱河潺潺
采一枚绯云嵌入心怀
一切的雨滴都回归

## 心音带回了一枚戒指

晚风试图入睡
但很难
溪水握着琴弦
温柔回顾起故事

曾经奋勇战斗
月色已经走得太远
花蕊证实生命的存在
即使可以依靠
但还不够

将要萌生的春色
笔墨全速冲过密林
一切都已准备好
趁着星云化梦之际
心音带回了一枚戒指

## 与海连心

清风吮着碧波的秘密
雨滴的凝视,隐着月光
云海撷取诗词的韵脚
星子抚触红尘的眷思

渡河的回声,萌动古梦
掠影浸入花蕊的絮语
翠叶描绘深涌的子夜
翎羽飘于翘望的诗窗

文字跃动于雨帘
倾情的依恋,与海连心
浪花升腾夜月的吟唱
春云润开玫红的永恒

## 枫红牵引月色的心跳

秋风抚过一座城池的弦月
云水淌着深层的隐喻
叶子翻开一页页诗情
长笛的回声潜入梦里

枝梢守望着蓝色的絮语
星子轻吟水心的眷恋
花蕊的韵味交叠夜的旋律
玉露滴出温暖的归宿

一泓月光坐在船头
醉雨浓缩远古的故事
时光绵延
没有尽头的河流

枫红牵引月色的心跳
风儿拾起一朵云叶
暖融的爱意永不止息

## 努力飞翔

蓝海里的一个点
努力飞翔
流连的云朵刻骨又铭心
天空有着暖风的晃动

一滴雨在咏唱真挚与恒远
颤动的嫩蕊不再孤单
深浅的笔画刻写昨日的跋涉
抖落了蓦然而来的眼泪

握着一簇越来越亮的光芒
溢出的琴声记得那扇窗
碧波回望的那一刻
叶子含情脉脉如痴如醉

追花的阳光融化心尖
海潮的第一笔从云朵画起
无尘的诗行泊入花开的梦池

## 情的纯真永不褪色

清风悄悄穿透溪流
云朵一直在写着诗
琴弦的柔吟重叠星辰

恋词垂钓梦里的浪花
月光洒落充满渴意的雨滴
花蕊的童话涌上枝梢
掠影无意中锁住了思愁

小船旋绕画卷的春色
眷顾的云水一生与笔做伴
纷飞的诗情推窗而入

月夜的眷爱托起星雨
笔端点一朵花的馨香
情的纯真永不褪色

## 那年的煮雪花

雨落的芳香化入星辰
湿润的笛音追逐蝴蝶的梦
溪水的诗情扬起清风
时光镌刻云朵的层层童话

涟漪读着回声
月光总会想起
那年的煮雪花
依窗的玫红溢涌恋语
梦里的双叶渐次酥软夜色

波澜的翅膀描述依恋
六月的飘雪渗透玉兰之美
温暖的初心永不凋谢
叠影丰盈着月下的诗雨

## 暖色映满微风的笔端

时光深处的波澜
守住眷念
红叶温暖着一个梦

云朵泛起
一望无际的渴盼
飞絮撩醒
一拨又一拨的繁星
雨音举着月色
走进花蕊中
高扬的翎羽
横画生韵

轻倚的露珠
打开诗的意境
暖色映满微风的笔端

云水叠加着融合的繁星
蕴诗的雨滴
催开花蕊
回荡的恋曲
源于永恒的律动

## 倾城之色

想一棵一朵
爱恋的长河无止境
清风滑入云的心扉

燕语呢喃
飘絮拨动月光的弦
逆向的飞叶如浪起

密雨顾盼星的爱语
盈满花瓣叠影
回绕倾城之色

写一笔一画
安暖流转昼夜
相守相融

## 浓墨的一笔

诗行悄然浸湿雨露
微风不约而同进入花香
清泉跃舞
幻成灵动的画卷
翠色打开了
故事的窗扉

粉蕊颤动
情思的隽永
恋曲渴饮天际的云朵
叶子借着雨声
延展诗笺
青舟牵浪收拢暖色

掠影润含浓墨的一笔
碧波透着形影不离
私语开出一朵
圣洁的花

潮汐翻涌一首首诗
云雨沿着眷恋
奔跑飞腾
风帆珍存着一抹嫣红

# 镌写的故事不止一段

月亮湾把风儿留住
温情的绽放如此优雅
花瓣追寻梦的歌谣
云朵在尽头蓦然回首

诗笔再次浸入思念
水墨滋润情痴的香韵
星辰细数雨的叠痕
镌写的故事不止一段

双叶紧贴爱的缱绻
翎羽描画世外的桃源
月华聆听涟漪恋语
飞絮寻觅着碧草连天

# 将短暂的一生过得完美

微澜的时光,寄意写心
一杆狼毫安暖着红尘
诗页翻动临窗的花香

清风坐在一朵云里
光影穿过柔软的词絮
恋语吹起万尺叶浪
飘雨渐入花海的秘境

琴声翘望盛夏的情节
融化温热的诗意
眷爱绵延无穷的故事
情墨点拨翻覆的月色

浓蓝的旋律,跃进水里
思潮的云朵落在红笺上
将短暂的一生过得完美

## 雨露使眷爱绽放到极致

秋水抵达心动
倾听私语穿过密林
清影伸展又收紧
眸中漾起月色

星光醉
叶子动容
秋风生生不息
流云润泽
奔跑的文字

雨露使眷爱绽放到极致
涟波涌入秋窗
古梦画着
诗里的娇红

粉菊采撷秋色
旋律跃动
月辉蕴染
笔端的恋思
徐徐飘扬

## 清风的笔画深入云朵

吟曲温婉
草尖的流水在等待
拾起月光
荡漾的故事有一款蓝

古韵回声
微雨穿过时光的厚度
飞花润心
清风的笔画深入云朵

双影相融
如许的星子描摹暖色
恋絮漫海
诗意渲染绽放的幽梦

## 让爱光芒万丈

摇晃的岁月重叠雨音
清风走进一座诗意的城池
童话渲染蓝色的语言
魅影泛着不可直视的光芒

云朵感知温情的写意
一条河流唱红了整个秋天
叶子怀抱深挚的守候
花蕊蕴含月色的密集节奏

星辰荡高浪花的缱绻
翻来覆去的思念化作雨滴
弹落的鸣啼敲击窗棂
诗夜赋予梦长风的翅膀

扁舟漫游深处的花香
嫣然润泽千里延展的碧蓝
云帆扇动不倦的诗情
恋语让爱光芒万丈

## 藏着今生和来世的秘密

从远方回来一片雪
波光一并拢就变成了蜻蜓
诗情的笔端不曾停歇
云朵随着音韵逐次绽放

微风写着溪流的故事
花蕾在守望中甜蜜
月色的歌谣越唱越浓
叠影合着笔画飞翔

昨天的那枚叶子打开了时光
深夜找到一本日记
藏着今生和来世的秘密

涟漪轻捧雪里的艳红
风儿反复描述蜻蜓的花信
流云漾动非凡之美
明月挥洒亘古不变的爱恋

## 永爱

雨落的心音
梦回千年
一片飞羽记得诺言
清风扬起眷恋的溪水
云影涌动一帧永恒

情思把月光
捻得绵长
花朵因着守护
而永生

晨星爬到
花开的最高点
琴声在心宇间收拢嫣红
细雨努着温柔的嘴唇
诗韵觅得
独树一帜的永翠

花香深入弦月的梦境
倾情的夜色
隐喻着亘古传奇
恋曲的回音
写着生生世世的永爱

## 用时间穿针引线

生活里的每个人都是最棒的小说家
那年的告白
始终无法忘怀

两个平凡的人
用漫长的时间相处
在用时间穿针引线的过程中
一点点酝酿专属的故事

彼此深爱着对方
除了痴迷的夜来香
更难以割舍两人之间
那么多的千古雪
这犹如独一无二的史诗

两个人的桃花源传说
漫起芳香
充满着阳光的温度
心潮的缱绻将要满溢出来
微合的字符一遍遍摩挲

余晖在阁楼上
当你朝我走来的时候
应该叫作安暖的家

## 阳光抚摸着探寻的目光

雨痕伴随着
练习式的飞翔
思绪落水的声音很柔
阳光抚摸着探寻的目光

枝叶搅翻了
深底的传说
直逼
春天的闪烁明眸

红香从原点滑到归点
渔火续接光的趋从
新月的翅膀早已上色

恋曲如同太阳的光芒
窗子的痴情
花瓣从来不离弃
吟咏知心

## 藏着那两个字的尾音

雪野在颤抖
月色积攒了一个晚上
拐角处深刻的等待
停下一朵云彩

竹笛拉长了鸣啼
春韵传出响亮一声
雨絮将记忆倒流

泛黄的笔迹四处找寻
藏着那两个字的尾音
星光记住了重逢的日期

时光沿着河岸进入红叶林
云月翻过一道又一坡
执着的依恋比春天还要盛大

## 最容易触动的一抹红

推窗望云
笛音的秘密
依旧摇曳不停
最容易触动的一抹红
迎风傲立
化作深挚的情思

所有信手拈来的意境
开满时光里探寻的枝头
夜半醒来的一句柔吟
遥相呼应着
江上升起的弯月

云水润成笔端的诗行
心海的墨香
刻写着旷世的经典

繁星收藏万里暖风
音符描绘青山碧水
飞花深含
生生不息的爱意

## 云朵的情书

翅膀上浮动着云朵的情书
飞影润湿风的柔思
文字在暖阳里晒出蓝色
大海听见时光渗进的声音

诗笔捧掬浓墨的牵念
飘扬的心绪旋着涟漪
花红祈盼天长和地久
潜入艳诗丽词

粉笺回望那年的春天
执着的盛绽托起了星辉
叶子叠加滴翠的守护
玉露蕴藏了第一缕晨光

滑过的波浪烙下炽恋
诗情倾注每一次的心跳
阳光把云海画成醉美
蓝风咏唱永不停歇的挚爱

## 时光解开难懂的暗语

欣然抚摸每一缕海风
弦月带着等待开始了夜行
唱过的歌曲倚着窗子
还有那发黄的信笺
雨没有停

细叶闪烁着细碎的回忆
延长的目光
没有半点困意
渡过来的浪潮
涌起了诗行

时光解开难懂的暗语
翱翔之翅
映照力量的倒影
再陡峭一点
也有云梦的飞越

流动的风景绽放在指尖
万物在高蹈
倾听叶叶心心的舒卷有情
嫩芽与花香
找到了来路与归宿

## 云水润泽至死不渝的爱恋

恋曲里的梅花红
在鱼跃
温柔的云
追逐着启程的风
写下的文字
绵延了整个海岸线

飞影翻阅一页页诗涛
交融的月色
醉了漫天丽蝶
情墨漾起
那一声传递一声的私语

星子站在
蓝色的光阴里企盼
清梦展开牵念的图腾
飘叶轰轰烈烈描画着缱绻

船帆怀拥深情的星辰
云水润泽至死不渝的爱恋
煦风点亮了
海洋之心的永恒光芒

## 雨花开启一阕阕艳丽

秋风的思念在光阴中流转
琴声倚着月光定了定神
云水把花蕊的内秀藏得更深

温润的联句敲叩心扉
弄浪的星子吟唱着守护的眷恋
笔端的记忆渲染成永恒的风景

回旋的水流
寓意着深爱的炽烈
时光的缝隙里
飘出缕缕的心音
红枫和着节律
尽情地飞舞

雨花开启一阕阕艳丽
水月的馨香
饱蘸情思的牵挂
暖色重复融合
长风掠云的声音

## 恋语写下炽热的一页页

露滴循着笛音
润入月色里
嫣红的盛绽
是爱的另一种隐藏
穿风而过的时光里
有起有伏

诗韵轻抚着
一曲曲流光溢彩
积雪依旧会想起
湖边的那片星空
飞舞的弧线
嵌进了画面里

暖梦的粉蝶
从水中返回
窗前的飘摇
开成不谢的花朵
恋语写下炽热的一页页

## 刻写铭心的眷爱

滴落的笛音
在春光里瞭望
扉页蕴含
今生最美的相遇
星子读懂了
云朵的所有牵念

浪潮随着飞羽
为夜空押韵
丹墨点亮
檐下的红灯笼
暖梦的繁花
频频摇响铃铛

雨絮温柔
弹拨诗叶的琴弦
风月漾起
彩画里的云水缱绻
星辰的奇丽
刻写铭心的眷爱

## 溪流的诗韵再次萦绕

当眷念的花蕊盛开
溪流的诗韵再次萦绕
雨滴悄然融合琴声
长风深恋云水的柔情

清涟最先被月色漾动
波光抚摸着难以忘怀的梦境
私语因笔端的吻而沉醉
年轮演绎着永不落幕的情思

墨香把爱恋涂成嫣红
莹露描画叶子的一次次飞扬
星辰动情地沿江而上
柔夜的诗笺延展着相守相惜

心音在一阵雨里完成梦回
长风带着星云腾升
水月绽放花朵的非凡之美

## 嫣红花瓣化成恋歌

云朵采撷夜空的诗词
心音找到熟悉的安暖
吟唱的月光和秋色一样深

星子在水波中微醺
翘望的雨滴
紧衔飞花的浓情
旋律入窗漫涌诗卷
夹页的时光
拨动枫叶的眷恋

写词的叠影
融入千梦的思澜
船帆痴缠万古的水波

嫣红花瓣化成恋歌
云水的芳菲
写着专一和圣洁
弯月润染缱绻的诗情
绛红的秋风
描绘爱的天长和地久

# 一生的心灵寻求

眼泪怎么都不肯说出
一个字
藏起的光阴
湿了天际
滴落的花蕾吟唱
滑动了密叶的风

云水渐渐而近
溢出的音符
和红尘一起飞扬
月色已过夜
雨中独行的素笺
依然没有停下

星子托起一枚絮语
清影缓缓展开
风吹的思念

花瓣飘荡着
一生的心灵寻求
笔触震颤的墨香
弦月谱写爱的诗章
暖风汩汩填满了云层

## 古梦弹奏着内心的誓言

琴声放飞一条河流
夏花覆盖梦的路
诗色透过光阴
微风看到小桥

在满卷的潮水中
月光温暖一壶心绪
莲叶寻回深藏的词语
轻舟承载忽小忽大的尘世

采撷云朵上的一场雪
碧水沸腾不能自已
古梦弹奏着内心的誓言

## 玫瑰洒在血里

云雨的泪水
使苍穹碎裂
玫瑰洒在血里

月光孤寂立于河岸
水声甩开红袖
拂去悠长的曾经
一曲冷风断肠
抽搐的诗行
蜷缩在梦里

那朵流离失所的花瓣
弄丢了温暖的火种
寒霜漫盖眼眸
删除掉一节一节的回忆
枝丫上黑暗的斑影
窒息了每一滴坚持的雨

因为风的不珍惜
故而流云不再等待

## 烛火滚烫

云朵伏案写下深情
一杆狼毫在舞动
清风随入古典的意境
红笺容纳时光的书香

烛火滚烫
一窗诗雨
恋曲慢慢融醉
忆起那年的策马扬鞭
江湖允许笑傲

飞絮簌簌对吟
一丛花蕊摇曳着牵念
前世穿透扉页
月色跃动神秘的文字

波澜润泽音符
长夜是深刻的动词
风月聆听故事的私语

## 打开一个盒子

生命是一场马不停蹄
如果非要用一种
非凡的颜色来描绘形容
应该是诗的花红

站立在时光的彼岸
一下子就明白了
当初那些流淌的情愫
都汇入了一封
雾月的信笺里

打开一个盒子
翻出来午后的阳光
随着一声啪嗒
回忆就这样被清风
抚撩

笛音涌上渔港的灯塔
翘望一窗私语
梦华骑着浪潮
倾心于光阴的圣美

## 痴缠滴墨化入素绢


一念化成一片海
万云涌起翘盼的目光
爱的倾诉写在风中
一朵红妩媚了诗的清韵

痴缠滴墨化入素绢
思梦柔润歌吟
星辰抒写阵阵暖色
月华搅动了光阴

飘絮回首高山流水
一撇一捺越过声声笛音
翎羽飞扬热烈的美
芳香共酿爱恋的贞守

扉页翻开一往情深
花蕊忍不住蕴含沁园春
心语相融缱绻的风云
情雨盈满了眷爱的长河

## 永远怀念的一阕诗词

一帘丁香的雨幕
心曲飘旋在长湖的柳梢
酌饮月色下的嫣红
水韵画成动人的蛾眉

清风穿过泛舟的光阴
漾起永远怀念的一阕诗词
窗格里透出烛光
蝶梦萦绕不息的眷爱

柔波知晓春天的律动
叶影如鱼,飞歌倾醉
辰星仔细寻找花朵的印记
依守无与伦比的安暖

## 不灭的彩虹

清风抚过夜色
一直不懈地坚持
冬天在回忆中取暖
细读一场晨雾

云朵写下诗行
扰动思念的星湖
铭记那晚烛光
繁花开在雪地里

时光弹拨叶弦
碧水环绕着古巷流淌
　月影如梦入画
墨香随着笛音飘扬

诗韵在掠起的雾岚中绵延
迷醉荡漾的一抹嫣红
清风翻动斑斓的一页
心绪蕴成了不灭的彩虹

# 一杯酒点燃的记忆

梦续微风的温暖
星子写着云卷云舒的故事
涟漪泛起春天的音符
诗意润染的花朵开得正艳

弹筝的纤指
飞过月光
一杯酒点燃的记忆
很美

波光涌动着前世的翘盼
回响的心语叩开月亮之窗
恋雨在诵读中撷取彩蝶的颜色
掠影沿着诗河勾勒韵律

星辰蓄积着
永不停歇的诗情
浪花在腾跃中
完成从美到更美的过程

## 白云瞬间长出了翅膀

碧水追忆红尘
窗外有雨花纷扬
月色洒向落雪后的诗行

韵律穿透一首千年
星子衔着一枝含苞的玫瑰
情思泊入安暖的海湾

夜来香悄悄绽放
阅不尽的春光
连绵一支笔的梦境

一丝游风吹过
目光被吸引
白云瞬间长出了翅膀

## 情蕴云水间

穿过河流的弦月
泛起一枚诗韵
芦花无数次被渲染
暖风画着云朵的盛开

花瓣聆听雨的吟哦
旋律和星辰连在了一起
时光在涟漪中叠映
倾心的芳香弥漫窗口

叶子翻阅着往昔的故事
满页的月色润入诗梦
琴声飘扬雪花的暖
帆影涌动水墨的婀娜

梦幻回到春华秋实
飞絮写下了一行行诗词
相随的翅膀邀月同醉
云水蕴藏爱恋的真挚永恒

## 钟情的字词

一曲情墨执笔
柔美而沉醉
花香带着诗雨
化为一朵云

弹响入夜的河流
留言炽热
清风漫越童话之林
旋律闪烁妙景

叶舟满载思情
羽翼不知倦
星子描画潺潺流年
一扇在看风景的窗

钟情的字词
安暖守候
云絮千里又万里
只为爱的执着

## 承诺扎根于尘世

云影交织成一棵树
叶听浪潮的声音
波光与风一起飘舞

细雨重读走过的路
芳香痴迷于月色的映照
明净的文字引着飞翔

精灵打开桃红的窗户
韵律跃动在花蕊的露珠里
恋语盼着此生永恒的相伴

承诺扎根于尘世
花絮缱绻一春又一春
情思泉涌
日夜不歇的天籁

## 温存着时间的乐章

润湿的滴翠落入词间
洗亮一颗心的双眸
叶子系上翔舞的羽翅
让无边的思绪有无边的天空

春之声的梦痕
那是比深海更深的深
白云伴随心灵的歌吟升起
蓄满时光的宽厚与宽阔

清风依旧有小草的摇曳
描绘不曾歇息的繁茂
花蕊恰巧是在等待中到来
温存着时间的乐章

月华的浓情融化了冬雪
一切都显现出亮色的微笑
词韵重叠浪潮的奔腾
染红整个世界的春花

## 夏阳诗意醉今生

一朵词语引渡记忆的河流
临窗而入的韵律翻开画卷
初绽的玫瑰最能感悟时光的深邃

梦的言说湿润月色的皎洁
碧波荡漾小花伞的踪影
芳香沿着水天相接的远方弥漫
笛音让心的恋语更清晰

一尾鱼儿跃出夜的水面
星子捧着阳光藏进梦里
安暖的故事
在叶上悄悄飞起

云梦的诗情画意
涌上笔头
无尽的玫红
逐风而行逐水而往
相伴的翅膀
不怕水远山长
星月诠释着
花蕊与太阳
生生不息的眷恋

## 心语的执着

时光择取点滴
融化为水
清涟描写红花的盛绽
河谷的飘云
重回天山的峰顶
长风的梦境
无限伸展

歌声的力量
回荡在天地之间
月色在浸润中
沾满牵念的文字
落在纸上的羽毛
闯入梦里
心语的执着
在夜的深处翻飞

波光的诗笔
闪现翘望的新绿
涌动的记忆
散发着融融的温情

## 安暖的爱恋

暖阳携着诗意
从刻得很深很深的
心底深处走来
一朵朵柔絮
点缀着粒粒的珠儿

清风触摸着滴落的云雨
巧著一文
谈及生命的升华
风笛伫立窗前欣赏
飘舞的花瓣洋溢着温馨

冬天的叶影
用爱取暖
美妙的暖色
融合了翩然而至的雪花
绿波跃动着
相随相伴的音符

风与云
和着船帆竞渡
阳光使
安暖的爱恋永恒

## 渡江的雨

渡江的雨
思念写上每一枚叶子
心音渗透梦华

月色的恋影
蕴红点翠
听雨的晨星
唱着柔情的歌

韵律漾动回忆
词絮融入
光阴的风里浪里
飞羽掠过笛箫
月光牵系
彼此一生的爱

笔墨缱绻画雨
红叶泛舟朝夕相伴
风月翻涌
无法割舍的眷恋

## 言语深处的温煦

涟漪的记忆长出翅膀
一枚叶子就是一支恋曲
风的琴音弹拨月光

思梦叩开神秘的夜窗
凌空的飞羽
从对岸折返
云水写下
言语深处的温煦
墨香濡润牵念的清影

望眼欲穿
回声穿越起伏的尘世
芳踪化成了
恒久的光芒

星云缭绕
江花入画
纤尘不染的梦境
浓情缱绻
风雨引舟
不弃不离的眷爱

## 始于风月的一首诗

临风的思念
洇红了花开的诗行
时光牵引的潮汐
倾听着心海的渴盼

洒满心韵的星子
春晓的花瓣
描画着不歇的炽念

融合缠绵的馨香
始于风月的一首诗
安暖云朵
永恒爱恋

## 无言的爱

无言中忘记了尘埃
飘叶翻转出冬天
一声呼唤听见流水
凉意浸入更深
孤寂去掉浮华
月色仿佛是一层雾

云朵要等暖风
笛音开始跃上了枝头
光阴从扉页涌出
笔端穿过深邃的夜窗

黑暗轻轻爆裂
涟漪荡漾起迷狂
月影甚至是在抖颤着
波光努力去想
相遇的缘由

思韵敲响夏天
飞絮便是所有的牵念
这些都还不够
盛开的花蕊没有隐没
风月缱绻

## 晨语情满

黑色的天空正在渐渐褪色
空气里还充满着夜的香气
湿润草地上爬出来一只蜗牛
柔软触角一下一下地轻探
弄痒了草尖上美丽的露珠
露珠害羞得在微微颤抖着

带着墨香的文字
乖乖地躺在纸页上
沐浴清晨的阳光

曾经的曾经
原来的原来
我们靠得很近很近
只怪当时的北京雾霾太浓太重
模糊了彼此的视线

一只蛤蟆蹦跳出来
你的脚步突然停下
紧跟在你身后的我
已经来不及收住脚步

# 月光吟着飘动的情欲

无眠伫立海边
在诗色的朦胧中
水手早已荡进深沉的梦
而清风却是徜徉在
飘浮的云梦里

海岸一棵颤抖的树
日夜顶着大地的帆篷
一遍又一遍读着信笺
思念如水雾漫延

月光吟着飘动的情欲
叶子潜藏在星空
想象的词语在飞行
雨丝闭上眼眸
看到的世界很清晰

琴声吸吮着花蕊
风月浓醉
叩开了一窗永恒的
安暖眷爱

## 一碗醉恋的缠绵阳春

夜色的描述
深深埋没了清音
一星火花如此戏剧
故事被压在碗底
水面反射出
牵念的层层重量

孤窗颤抖翘望
不止千万次
你的脚步穿过丛林
进行夜间探索
我一直知道
缭绕的余温
默默守在窗沿

就在门开的这一刻
月光从梦中醒来
无遮无挡地奔跑着
我看到你的脸就在眼前
桌上烫热的红烛
早已温好了
一碗醉恋的缠绵阳春

## 依梦的河流不绝

光阴的花香无边无际
长风再次走过熟悉的古巷
滑动的光泽絮絮荡漾

叶子紧紧系牢爱恋的结绳
庭院盛满初夏的故事
湖畔融融掬捧一束月光

透红的含蓄在烛芯徘徊
羽笔勾勒灵韵的词语
依梦的河流不绝

## 双羽亲吻那一朵柔云

将红叶安放于
云朵的裙裾
一怀思恋,永不歇
天际的清音
深悟潮水

微风把诗
写到眉宇间
月色继续埋首

双羽亲吻那一朵柔云
轻舟潜渡芳花
星雨润成了
笔端的弹珠

## 一颗魔力球

一颗魔力球
时光翻转过来
轻轻摇晃
它就会说一些话
再思考一秒钟
看起来很不错

云水带着月色
已经展开一湖春天
倒映河岸的悠长音符
绝对有王者风范

清风欣赏这些排开的文字
细雨啜饮一小口
木屋里变成了五颜六色
上次提到的话题
将梦帘缓缓撩起一角

眼神继续坚持
突如其来的一道光亮
速度与激情的电影之夜
这是今生唯一永不停歇的海潮

## 徐徐打开一窗恋语

阳光在河边汲水
流露着热切的渴望
春色在呼唤
翻腾的波浪弹动琵琶

帆影漫过天云
所有的感知都在舒展
徐徐打开一窗恋语
用垂落的梦帘
挽起不朽的华章

心绪从笔端涌出
探寻着花蕊的盛绽
柔嫩的纤纤云羽
以亲吻的浓情
守护着毕生的缱绻永爱

# 后　记

　　心目中的诗，是珍藏在童话里斑斓的彩虹。

　　小时候的梦，点缀着星辰、雨露和院前的小溪，不曾停歇，如家乡的那一缕袅袅炊烟，一直驻留在柔软的心角深处。

　　翠色的青草、碧蓝的天空，是伴随着青春年少时光的记忆。那时候的脑海里，只是对诗有着朦胧的纯真之美、简单的思绪，偶尔拣拾些许诗意片段，装裱在粉色的日记本中，来打发闲暇的童真。

　　青涩的含苞待放的日子里，指尖来回摩挲着光阴的花瓣。长大后，对曾经心仪的诗，有过一段时间的彷徨与迷茫。

　　自从那一年的五月，与他不经意间地相遇，怦然的心动，又种下了执念的种子，从此，浓墨有了流淌的方向，情感有了安放的港湾。

　　那是一个浅夏的午后，淡淡阳光倾洒街角，一个问候、一次回眸，双眼对望的瞬间，已然知道这就是自己千年想要的追寻。

　　两颗触碰的心，从相逢相遇到相知相爱，点点滴滴的温柔时光、无数刻骨缠绵的光阴、每一丝纤毫的感动都值得被记录。我想通过我的诗笔，将相爱的故事融化为一行行跳动的字符。

　　一曲古琴，轻轻弹奏神奇的情缘。如果，当初没有他的那一句"心灵好文",我的小字,早已在旷野中隐入亘古的荒芜。

日夜雕琢的笔迹,细细解读着红尘中的呢喃。潮涨起伏,潺潺汇成素笺上的山盟海誓。

前世冰封的一朵月亮花,在蓝鲸的灵动抚慰下,盈盈盛绽,永不褪色。痴醉的天宇,如他情深的眼眸;狂热的浪潮,如他不绝的情意……

无论是日升晨起,还是月挂夜幕,每一次仰望窗外,牵念的思绪便油然而生,有深深牵挂的眷恋,更有涌在心头甜蜜的幸福。眼前一草一木,一湖一水,尽皆是描摹那一份挚情的映射。

也许,这就是爱恋牵引的力量。三年多来,共写情诗一千余首,本诗集精选两百多首汇编成册,其中的每一字、每一句,皆因他而书写,皆因爱而勾勒。希望这份情感能经由这本诗集,被每一位翻开这本书的读者所感知。

"云帆循着涟漪/描画韵律/诗韵融化春色的雨絮/暖风深恋/星河不息/蓝鲸寻到了一朵/永生挚爱的月亮花。"

诗絮蕴在彻夜无眠的枕边,无数次,被相思的清泪浸染成霜。

丹青弥漫,每一条溪流的星转,每一寸诗行里的缝隙,无一不是他的惊世眷爱。

爱,缠绵。诗,无尽。醉美时光,因爱永恒。

一滴雨的语言,让波涛穿越一片沙漠;一首诗的幻化,让尘世的爱情不再流浪。

图书在版编目(CIP)数据

蓝鲸追寻的月亮花：逸瑶诗集 / 逸瑶著.— 上海：上海社会科学院出版社，2022
ISBN 978-7-5520-3804-0

Ⅰ.①蓝… Ⅱ.①逸… Ⅲ.①诗集—中国—当代 Ⅳ.①I227

中国版本图书馆CIP数据核字(2022)第162427号

## 蓝鲸追寻的月亮花
——逸瑶诗集

著　　者：逸　瑶
出 品 人：佘　凌
责任编辑：包纯睿
封面设计：周清华
出版发行：上海社会科学院出版社
　　　　　上海顺昌路622号　邮编200025
　　　　　电话总机021-63315947　销售热线021-53063735
　　　　　http://www.sassp.cn　E-mail:sassp@sassp.cn
照　　排：南京理工出版信息技术有限公司
印　　刷：上海景条印刷有限公司
开　　本：889毫米×1194毫米　1/32
印　　张：9.125
插　　页：1
字　　数：202千
版　　次：2022年12月第1版　2022年12月第1次印刷

ISBN 978-7-5520-3804-0/I·466　　　　　定价:68.00元

版权所有　翻印必究